L'HOMME DEBOUT

PAR

ROGER DOMBRE

Collection de Romans Populaires
BONNE PRESSE -- 5, RUE BAYARD, PARIS

Romans à 0 fr. 20

La peste est un fléau terrible, et l'homme de génie qui lui opposerait des sérums capables non seulement de supprimer le mal, mais de gratifier les pestiférés d'une santé florissante, mériterait certes une immense reconnaissance dans les pays contaminés.

Or, en France, la peste est inoculée aux âmes à profusion sur nos marchés littéraires, et le peuple, alléché par l'attrait de ce poison, l'achète en quantité; il lit avec avidité des romans qui doivent uniquement le succès à leur caractère pornographique et à la glorification des instincts les plus bas. On sait, hélas! les conséquences.

Opposer à cette épouvantable intoxication, qui éteint tout sentiment élevé et tue les âmes, des lectures saines, intéressantes, populaires, à des prix infimes, voilà quel serait le sérum opportun.

Le produire est une entreprise qui mérite les encouragements de tous les hommes de cœur.

Cette œuvre capitale, la Bonne Presse a voulu audacieusement la tenter.

Depuis le 1er mars 1911, elle fait paraître chaque mois un ROMAN DE 64 PAGES *in-8° à deux colonnes, avec couverture attrayante en couleur, au prix populaire de 0 fr. 20 (Port, 0 fr. 05) et, de plus, remises considérables aux propagateurs, à partir de cinq exemplaires.*

Pour recevoir chacun des douze volumes dès son apparition, on peut s'abonner moyennant 2 fr. 50 pour la France et les colonies, 3 francs pour l'étranger.

Les chrétiens qui s'intéressent à cet essai sont priés de demander à la Maison de la Bonne Presse, 5, rue Bayard, les conditions spéciales pour propagande ou pour abonnements.

L'HOMME DEBOUT

PREMIÈRE PARTIE

CHAPITRE PREMIER

D'un geste de fatigue, après avoir congédié son dernier client, le Dr Hozeranne toucha un timbre électrique.

— Plus personne, n'est-ce pas, Désiré ? dit-il d'un ton bref au domestique qui se présenta à l'appel.

— Non, Monsieur. Du reste, le salon d'attente est vide. Monsieur le docteur prendra-t-il son madère ?

— Non. Je sonnerai si j'ai besoin de quelque chose.

Demeuré seul, Hozeranne prit une position commode dans un de ces sièges plus ou moins confortables qu'affectionnent en général les médecins et les gens de bureau.

La main dans sa barbe grise, il songeait, les yeux dans le vide, le front plissé.

La rêverie du Dr Hozeranne aurait dû être souriante, car tout lui réussissait dans la vie !

Doué d'une santé robuste, déjà possesseur d'une fortune agréable, il était uni, depuis quelque vingt-cinq ans, à une femme très soumise, en perpétuelle adoration devant lui.

Sa vie semblait tissée d'or : il était entré dans la célébrité tout naturellement, sans efforts, presque sans luttes ; dédaigneux de l'argent, il voyait des sommes énormes venir à lui sans qu'il fût obligé de les demander, juste rétribution de ses soins éclairés.

Il avait peu d'envieux, mais encore moins d'amis ; ses confrères l'estimaient sans l'aimer ; les jeunes l'appelaient « cher maître » avec plus d'admiration que de sympathie.

Son existence était facile, large, bien entendue ; sa maison, très habilement conduite par Mme Hozeranne.

Pourtant, les réflexions du docteur se suivaient, très sombres, à en juger par la contraction de ses sourcils olympiens.

Était-ce parce qu'il avait perdu, dix années auparavant, une fille, charmante adolescente qu'il chérissait, et cela dans des circonstances particulièrement douloureuses ?

Ou parce que son fils unique, intelligent et bon, demeurait disgracié de la nature ?

Mais la tristesse du docteur n'était pas cette mélancolie douce et résignée que nous éprouvons en songeant aux chers disparus.

D'un autre côté, il trouvait en Robert, le pauvre infirme, des qualités et des tendresses qui faisaient oublier sa difformité.

L'ombre qui passait sur le froid visage de Hozeranne ressemblait plutôt à du remords.

Sur cette pensive tête de savant pesait un mystère que nul, pas même les siens peut-être, ne connaissait.

Et quelle consolation pouvait attendre cet homme dont le regard orgueilleux ne se levait jamais vers le ciel ; qui ne voyait en ses clients, que des corps sans âme ?

Soudain, Hozeranne tendit l'oreille aux bruits du dehors; il perçut le heurt léger d'une étroite semelle féminine sur la mosaïque du vestibule.

— Qui est-ce ? se demanda-t-il. Ma femme est à Compiègne avec Robert, et j'ai défendu mon cabinet.

Presque aussitôt un doigt menu frappa à la porte, et, sans attendre l'invitation d'usage, une forme souple ouvrit et entra.

En même temps, une voix veloutée prononça :

— C'est moi, mon oncle ; je me permets de vous arriver ainsi sans me faire annoncer...

Elle se tut.

Le docteur s'était levé, bouleversé.

Ce n'était plus le froid gentleman correct, mais un homme presque terrifié, vieilli soudain, les yeux agrandis comme devant une vision terrible.

— Vous ?..... bégaya-t-il. Vous ?.....

Et il agitait les mains, comme pour repousser la visiteuse ; si bien que celle-ci cessa de marcher et se tint debout au milieu du vaste cabinet, interdite et contrariée.

Toutefois, elle n'interrogea point, attendant l'explication de cette réception bizarre.

La figure d'Hozeranne resta dure, comme figée ; mais sa volonté de fer ayant commandé à son émotion, il prononça d'un ton tranquille contrastant avec l'agitation précédente :

— Ah ! bien, ma nièce..... bien ! Je vous reconnais. Comment êtes-vous ici ?

Ce disant, il lui désignait le fauteuil où s'asseyaient ses clients, tandis que lui-même retombait sur son siège. La visiteuse, qui avait esquissé un mouvement vague comme pour tendre le front à son oncle, se raidit aussitôt et s'assit.

— Vous semblez étonné de me voir, mon oncle ? dit-elle froidement. Ma tante n'a-t-elle donc pas reçu la lettre par laquelle Mme la supérieure avertit tous les parents des élèves que le couvent est contaminé par la fièvre scarlatine ?..... On nous licencie.

— Ah ! fit Hozeranne qui écoutait à peine et qui examinait sa nièce de ses yeux gris fouilleurs, enfoncés sous les rudes sourcils.

Elle soutenait bravement l'examen qui eût gêné de moins hardies qu'elle.

Mince et élégante, moins dans sa mise que naturellement par sa personne même, Simone Hozeranne portait un très simple costume noir mi-mondain, mi-pensionnaire.

Le docteur la regardait, malgré lui, avec une sorte d'admiration rageuse, se disant :

— Elle a, de sa mère, la peau incomparablement blanche et les grands yeux d'un vert étrange, couleur d'algue-marine. De son père, elle a les cheveux noirs, et peut-être..... la décision, le caractère !

Il se trompait, sur ce dernier point du moins, car si Jacques Hozeranne avait possédé une franche et exubérante nature portée à la gaîté, mais sans grande énergie, Simone gardait une volonté indomptable dont son tuteur devait avoir bientôt des preuves.

— Votre tante et mon fils, depuis deux jours à Compiègne, reviennent après-demain, dit-il. On n'a pas fait suivre le courrier pour une si courte absence, c'est pourquoi nous ignorions votre brusque arrivée.

— Et cette arrivée vous gêne, n'est-ce pas, mon oncle ? demanda nettement la jeune fille.

Hozeranne la dévisagea avec surprise.

— Mais, fit-il, pas que je sache !

— Ah ! j'aurais cru... au premier moment... Car si je devenais pour vous la moindre cause d'embarras... commença-t-elle.

— En ce cas, que feriez-vous ? Où iriez-vous ? demanda-t-il avec un demi-sourire qui détonna sur sa bouche trop grave.

— Dans un autre couvent, répondit-elle simplement. Dieu merci ! Je peux vivre sans être à charge à personne, n'est-ce pas ?

— Certes ! Vous avez plus de trente mille francs de rente que vous ne dépensez même pas. Mais ce n'est pas là une question pour nous ; moi aussi je suis riche. Votre place est ici, chez votre tuteur.

Elle ne remercia pas, et un soupir léger, presque insaisissable, souleva sa poitrine.

Cette réception manquait d'affabilité, en vérité, et Simone ne pouvait guère se réjouir de son changement de vie.

Il reprit avec une douceur voulue, un peu sèche, comme résigné d'avance à écouter son verbiage de pensionnaire nouvellement échappée de la cage :

— Ainsi, voilà les études enrayées, les compagnes abandonnées.

— Oh ! les études, fit-elle, je les terminais cette année : je pourrai les achever ici.

— C'est facile ; pourtant, à seize ans, vous ne vous figurez pas être savante ?

— D'abord, j'ai dix-sept ans passés. Ensuite je ne me targue pas de science ; mais, me trouvant presque tout à fait prête pour le brevet supérieur, j'estime que, pour une femme surtout, j'en sais suffisamment. Aux yeux du monde, je ne veux pas faire parade d'érudition ni passer pour un bas-bleu. J'envisage comme tout autre le rôle de la femme.

— Comment cela ?

— Tout de bonté et de tendresse d'abord. La science est souvent sèche et racornit le cœur, ajouta-t-elle plus bas, avec la crainte légitime que son oncle ne prît ces paroles pour lui.

Les yeux du docteur devinrent railleurs, même cruels :

— Vous devez aimer la poésie, la religion, le bon Dieu, la nature ; bref, toutes les billevesées qu'on enseigne dans les couvents...

Paisible, Simone répondit :

— J'aime la poésie et la rêverie — non la rêvasserie — dans une juste mesure : cela ennoblit la vie où il y a tant de prose ! Quant à la religion, non seulement elle me plaît, mais encore je l'admire et je la pratique selon mes moyens.

Hozeranne ricanait, haussant les épaules.

— Et à quoi cela vous mènera-t-il ?

— A supporter le présent s'il m'est dur ; à aller retrouver les miens là-haut ensuite. Il n'y a pas que les sottes gens qui soient croyants, mon oncle ; en ce cas, le monde serait peuplé d'imbéciles, car la religion ne se perdra jamais. Vous n'avez qu'à assister à une sortie de messe un dimanche ou un jour de fête, dans une église parisienne.

— Auriez-vous, par hasard, la vocation religieuse, ma nièce ?

— Non, mon oncle, ne vous en déplaise, je ne l'ai jamais eue.

— Tant mieux ! Alors, vous devez aimer le monde ?

— Je ne le connais pas encore. Je vous répondrai plus tard là-dessus.

— Pourtant, vous savez que vous êtes jolie ?

— Des élèves me l'affirmaient au couvent. Je dois être en plein âge ingrat.

— Peste ! pensa le docteur ; que sera-ce quand elle en sortira ?

Sans trouble, Simone continua :

— C'est agréable d'être jolie, mais cela rend-il une femme plus heureuse ?

— Vous désirez probablement le mariage, comme toutes vos pareilles ?

— Je le désirerai sans doute quand j'aimerai quelqu'un.

Par un geste qui lui était familier, le docteur caressa pensivement sa barbe grise.

— Elle trouve réponse à tout, murmura-t-il ; elle n'a pas froid aux yeux, Mademoiselle ma nièce, mais je la préfère ainsi... La lutte me plaît... me fait oublier... Enfin, elle sera une distraction pour Robert ; elle aura d'abord des coquetteries pour lui, en vraie fille d'Ève qu'elle doit être sous sa froideur apparente. Ah ! pourvu qu'elle ne devine jamais rien de ce que je veux cacher !... Car elle semble perspicace !... Mais non, voyons, que diable ! Et comment devinerait-elle ?...

Sur ces énigmatiques paroles, le front soudain rembruni, le docteur se tut et appuya le doigt sur le timbre.

Le valet de chambre parut.

— Désiré, dit Hozeranne, prévenez Mélanie qu'elle ait à laisser quelques instants sa cuisine ; elle conduira Mademoiselle à son appartement et veillera à ce que rien n'y manque, puisque Madame a emmené Jeannine à Compiègne. Demain on trouvera une femme de chambre à Mlle Hozeranne. A présent, qu'on attelle ! En attendant, apportez-moi mon madère et le registre où sont inscrits les malades à voir dans la soirée.

Désiré obéit ; un quart d'heure après, César Hozeranne s'éloignait dans son coupé marron attelé d'un cob vigoureux, et allait porter à ses clients, qui l'attendaient comme le Messie, le soulagement ou simplement l'espérance.

— Merci, dit Mlle Hozeranne à la femme de chambre qui se présenta ; je n'ai pas besoin de vous, Mélanie, et je suffirai seule à la besogne ; du reste, je sonnerai s'il me faut quelque chose.

On avait posé sur un plateau, dans un coin de la chambre, une collation délicate, mais Simone n'y toucha point, trempant seulement ses lèvres dans un verre d'eau fraîche.

Assise sur un pouf bas, elle se sentait triste et isolée, et des larmes filtrèrent sous ses paupières brunes largement fendues.

Hélas ! ce retour à la maison qui, pour elle, représentait le *home*, n'était salué par aucun témoignage de joie ; nul baiser ne l'avait accueillie ; et pourquoi son oncle ne la revoyait-il jamais sans trouble et sans déplaisir ?

Voilà ce qu'elle ne pouvait comprendre. Oui, pourquoi ? Qu'avait-elle fait qui pût lui attirer de l'inimitié ?

Jamais son oncle ne l'avait embrassée ; lorsque, à dix ans, elle avait perdu d'abord son père, ensuite sa mère, le docteur, au lieu de la consoler comme c'eût été naturel, l'avait éloignée de lui et mise en pension sans hésiter. Puis, un jour même, allant plus loin, il s'était emporté jusqu'à souffleter brutalement son frêle visage d'enfant, parce que, pauvre petite, elle exigeait impérieusement qu'on lui donnât des détails sur la fin prématurée de son père.

Épouvantée, sa tante l'avait entraînée dans sa chambre, lui murmurant à travers ses larmes :

— N'interroge jamais ton oncle là-dessus, ma chérie, car cela le peine profondément.

— Pas plus que moi, sans doute, avait riposté l'audacieuse petite fille.

Après une courte hésitation, Mme Hozeranne reprit, caressant les cheveux de soie de Simone :

— Que veux-tu ? Il faut excuser ton oncle ; il a eu tant à souffrir par ton père.

— Papa lui a fait du mal ? s'était écriée la fillette, d'un ton incrédule.

— Involontairement, oui... Qu'il te suffise de savoir que ton père a été victime d'un accident.

— Sur son bateau ?

— Non... c'est-à-dire... oui. Prie le bon Dieu pour lui, ma mignonne, et ne questionne plus. La vie est triste, mais tu es jeune et tu peux en jouir encore longtemps.

Sans répondre, l'enfant avait quitté les genoux de sa tante, et, gentiment, était allée prier devant la Vierge de sa chambrette.

Ensuite, on l'avait conduite en pension et elle n'avait reparu qu'à de très rares intervalles, en de courtes vacances, rue Daunou. Elle avait pardonné le « soufflet » à son oncle, mais elle ne pouvait lui accorder sa tendresse, le trouvant dur, égoïste et autoritaire. Elle regardait sa tante, cette esclave de l'homme puissant, avec une pitié un peu dédaigneuse, ne comprenant pas que la pauvre femme ne secouât point le joug trop pesant afin de reconquérir son autorité en même temps que sa dignité d'épouse.

En son cousin Robert, elle ne voyait qu'un enfant chétif et effacé, qui se pliait aisément à ses caprices de petite fille, mais qui n'aimait guère que ses livres et l'étude.

Elle ne le plaignait pas trop de sa difformité.

— Car, pensait-elle, il y a des malheurs plus grands que celui d'être bossu ; par exemple, celui de vivre comme moi sans papa ni maman. Or, Robert possède l'un et l'autre et il est aimé, même par mon oncle qui semble avoir le cœur si dur pour tous les autres.

A la pension, elle se montrait une fillette plus réservée et silencieuse que turbulente ; la vie l'avait assagie de bonne heure.

Elle ne parlait à personne de ses parents perdus si malheureusement, mais elle se souvenait.

De sa mère, jeune, belle, tendrement aimée, elle gardait la mémoire de douces caresses qu'une maladie rapide avait coupées net à l'âge où les petites filles ont tant besoin de cette affection précieuse entre toutes.

De son père, elle conservait l'image d'un homme jeune aussi, beau, brillant et joyeux.

Sa carrière de marin l'éloignait fréquemment de la maison ; mais que de bons baisers et de gâteries il distribuait à chaque retour !

Un jour, il partit pour ne plus revenir, et l'orpheline ne fut pas vêtue de noir plus qu'elle ne l'était déjà : elle achevait le deuil de sa grand'mère.

Soudain, coupant court à ses mélancoliques réflexions, Simone leva les yeux.

Qu'elle fût au couvent ou en congé, l'appartement qui lui était attribué chez son oncle restait toujours soigné et entretenu, grâce à l'excellente Mme Hozeranne.

Les deux pièces qui le composaient, plus le cabinet de toilette, étaient une merveille de bon goût ; ce nid, arrangé pour la jolie héritière, était certainement délicieux à habiter, mais Simone se dit qu'il y manquerait toujours le principal avec une tendresse absolue, sûre, véritable : les signes consolants de la foi, un crucifix, une image pieuse, comme en possède toute chambre de jeune fille.

De tendresse, hélas ! la pauvrette en était bien sevrée ici.

— Mais peut-être quand je serai mariée en trouverai-je, se dit-elle. Oui, peut-être ! seulement, car on affirme que les héritières sont presque toujours recherchées pour leur argent. Donc, mieux vaut ne pas s'enchaîner trop tôt et bien choisir. Oui, mais si je ne me marie pas de bonne heure, il me faudra vivre ici, aux côtés de cet oncle dont le regard parfois m'épouvante ; de cette tante dont la personnalité a disparu, noyée dans celle de son mari, et de ce pauvre cousin dont la société n'engendre pas l'entrain.

— C'est joli, cette chambre, poursuivit-elle, l'œil errant le long des murs recouverts de soie rose pâle ; mais je l'arrangerai à ma manière ; j'y sèmerai mes petits souvenirs de pensionnaire ; là mon christ d'ivoire ; ma Vierge sur la cheminée... et les portraits de papa et de maman... que je ne rencontre jamais dans la maison. Ainsi, mon nid me plaira davantage.

CHAPITRE II

— Simone ! Où est Simone ?

C'était Robert Hozeranne, le bossu, qui, au retour de son voyage à Compiègne, devançant sa mère dans la maison, réclamait sa cousine à tous les échos.

Un télégramme du docteur, qui n'écrivait guère que laconiquement, lui avait appris la présence de Mlle Hozeranne à l'hôtel.

— Mademoiselle est sortie avec la femme de chambre qu'on lui a trouvée ce matin même, répondit respectueusement Désiré, d'autant plus fier d'annoncer cela que la nouvelle domestique avait été procurée par ses soins diligents.

— Ah ! fit le jeune homme, désappointé. Alors, mon père ?

— Monsieur le docteur a encore deux clients dans le salon d'attente et un dans son cabinet, mais je puis le prévenir...

— Non, répondit Robert, je guetterai le départ du malade et j'entrerai aussitôt chez mon père.

Il fit ainsi ; dès que le cabinet fut vide, il s'y précipita.

— Bonjour, père ! s'écria-t-il. Comment êtes-vous ? Beaucoup de travail ? Trop, n'est-ce pas ?

— Non, mon enfant, jamais trop. Mais toi, comment vas-tu ?

— Très bien, père ; maman aussi, ajouta le bossu avec une nuance de reproche dans la voix pour cet homme qui ne pensait pas à s'informer de l'épouse absente depuis quelques jours.

Justement elle apparaissait au seuil de l'appartement, levant un regard de craintive tendresse sur ce tyran qui lui était si cher.

Il lui tendit la main, et elle dut se contenter de ce trop simple témoignage d'affection.

— Et Simone ? jeta de nouveau le bossu, impatient d'entendre parler de sa cousine.

Le docteur sourit ; il était toujours sombre et sévère, sauf pour son enfant unique et adoré.

— Eh bien ! répliqua-t-il, Simone est à la promenade, je suppose, ou à causer chiffons avec une couturière, car elle est bien de son sexe, va ! Une petite personne fort indépendante qui sort quand il lui plaît et agit à sa guise.

— Alors, elle va rester avec nous, toujours ?

Il palpitait en posant cette question.

— Toujours, oui... c'est-à-dire jusqu'à ce qu'elle se marie, ce qui ne tardera sans doute pas.

— Pourquoi ? demanda Robert dont une ombre voila le pâle visage.

— Dame ! une jolie fille qui ne manque pas d'argent !... Cela te fâcherait de la voir se marier ?... Oui, je comprends : ce sera pour toi une compagnie, une distraction, quoique... elle ne soit pas gaie, la chère enfant ! Et puis, ne sommes-nous pas bien, entre nous, tous les d..., tous les trois ?... se reprit vivement Hozeranne en s'apercevant de la présence de sa femme.

Robert ne répliqua pas ; il trouvait sans doute, lui, qu'on était plus heureux à quatre.

Pourtant il n'avait pas vu Simone depuis dix-huit mois ; durant les deux derniers congés de la jeune fille, il se trouvait dans le Midi avec son père, et ne gardait d'autre souvenir d'elle que celui d'une fillette peu gracieuse, aux mains petites, mais rouges, aux cheveux embroussaillés.

Oui, pour Robert sevré de frères, de sœurs et de camarades de son âge, Simone serait la compagne de tous les jours, la sœur enfin. C'est pourquoi il se réjouissait de son retour dans la famille, se disant seulement un peu déçu :

— Pourquoi papa ne l'aime-t-il pas ? Elle ne mérite pas d'être ainsi traitée, cependant. Affaire de ressemblance, peut-être... Oui, elle lui rappelle sans doute la fille qu'il a perdue. Mais ce n'est pas une raison assez plausible pour la considérer comme une étrangère. Au fait, papa aime si peu de gens, à part moi !

A sa mère, qu'il escorta dans sa chambre, le jeune homme tint le même langage.

— Ainsi tu es content de la présence de Simone parmi nous ? lui demanda Mme Hozeranne, rayonnante parce qu'elle le voyait rayonner.

— Oh ! oui, très content. Pourvu qu'elle m'aime et n'ait pas honte de mon infirmité !

La mère se révolta.

— Ne pas t'aimer ? Avoir honte ?... Alors, ce serait une orgueilleuse, une fille sans cœur ! Mais elle ne peut être ainsi.

— Non, elle doit tenir de ses parents qui avaient beaucoup de cœur, n'est-ce pas, mère ? Vous vous les rappelez bien ? Mon oncle Jacques surtout ; il n'y a pas si longtemps...

— Oui, oui, fit Mme Hozeranne, soudain gênée, en détournant la tête.

Elle donna un autre cours à la conversation, et bientôt Robert la quitta pour aller s'occuper de ses propres affaires. Mais dès que retentit le timbre de la porte d'entrée, il fut dans le vestibule, prêt à recevoir Simone.

Il s'attendait à lui sauter au cou, en cousin, affectueux et fraternel, mais il demeura pétrifié devant la troublante personne qui lui apparut.

Elle rentrait sans hâte, sans plaisir, dans la demeure luxueuse, pour elle si triste et si déserte.

La figure très blanche, à la peau diaphane, s'éclaira d'un sourire, et les yeux couleur d'océan brillèrent un peu sous le grand chapeau à plumes noires : Simone avait aperçu son cousin. Elle ne l'embrassa pas, elle ne prodiguait pas ses baisers, l'orpheline que jamais personne ne caressait, mais elle lui tendit la main d'un mouvement spontané.

Joyeux, il l'entraîna près d'une fenêtre pour la mieux examiner.

Ses lèvres tremblaient d'émotion contenue en la voyant si jolie, le dépassant de tout le front.

— Oh ! Simone, comme tu es devenue belle ! ne put s'empêcher de s'écrier le bossu.

— Tu trouves ? murmura-t-elle, distraite.

Puis, se souvenant que le pauvre enfant, disgracié de la nature, pouvait envier sa fière tournure, elle se hâta d'ajouter :

— Et toi, tu as toujours ta jolie figure intelligente, Robert !

— Cela compense le reste, fit-il un peu âprement, quoiqu'un éclair de joie eût brillé dans ses yeux au compliment de sa cousine.

Ils étaient superbes, en effet, ces yeux où toute la vie, toute la beauté de ce corps difforme semblait s'être réfugiée. Un peu enfoncés dans l'orbite, profonds par conséquent, ils paraissaient brûler.

Sur son visage, cependant, comme sur celui de sa cousine, se répandait une expression grave. Robert non plus n'était pas enjoué. Son père avait beau lui répéter avec une tendre inquiétude :

— Sois jeune, sois gai ; c'est la santé, mon fils !

Sa mère avait beau lui procurer tous les plaisirs de son âge, il demeurait sérieux.

— Etre jeune, être gai, soupirait-il, je ne le puis pas ; je sens que je ne suis pas né pour le bonheur.

Et maintenant, à la vue de Simone, il comprenait qu'avec peu d'effort il pourrait recouvrer cet entrain, cet esprit vif et joyeux qu'il manifestait dans son enfance.

Simone, qui se dirigeait vers la chambre de sa tante, se retourna tout à coup.

— Et la musique, Robert ? En fais-tu toujours ?

Rougissant à l'idée de la bonne surprise qu'il lui causerait, l'adolescent répondit :

— Oh ! oui, Simone, plus que jamais, tu verras ; j'ai eu de si excellents maîtres ! J'ai beaucoup progressé.

— Tu me le prouveras ce soir même, dis ?

— Quand tu voudras, répliqua-t-il avec empressement, ses yeux noirs flambant de plaisir dans sa face pâle et expressive.

Mme Hozeranne tressaillit, elle aussi, à l'aspect de sa nièce. Pourtant elle s'attendait à son prompt retour. Elle la pressa maternellement sur son pauvre cœur angoissé, la couvrant de baisers rapides, hâtifs, comme si elle craignait de se voir surprise en cette démonstration par son terrible mari.

— Pauvre tante ! pensait Simone qui avait envie de sourire sous ces étranges caresses ; elle voudrait, je crois, m'aimer, et elle a peur. Dans quelle bizarre famille suis-je tombée ! Je me figure que, des trois, Robert seul est équilibré. Et encore !

Justement, ce même soir, Robert prit son violon, à la prière de ses parents, de sa cousine surtout et de quelques amis qui avaient dîné chez le docteur, et il joua.

Jadis, Simone lui connaissait d'étonnantes dispositions pour la musique ; il la dépassait vite pour le piano, puis on lui donnait un petit violon et il savait en tirer des sons harmonieux ; ses petits doigts légers couraient sur les cordes, sans méthode, mais non sans combiner de jolis airs.

Ensuite étaient venues les études sérieuses et les exercices qui renvoyaient bien loin Simone.

Se bouchant les oreilles, elle lui criait :

— Tu me rappelleras quand ton instrument aura cessé de miauler.

Il avait suivi une méthode sévère, s'attachant avant tout à la gymnastique des doigts et à l'étude aride des classiques.

Aujourd'hui, pour la première fois, Mlle Hozeranne entendait un véritable artiste, une musique ardente, passionnée, merveilleuse.

Quand l'archet se tut, elle ne put s'empêcher de se lever et d'aller à Robert, la main tendue :

— Oh ! Robert, que tu m'as fait plaisir ! Tu me joueras souvent, n'est-ce pas, de ces morceaux qui font penser... et qui consolent ? ajouta-t-elle plus bas.

— Autant qu'il te plaira, répondit-il, ravi. Mais tu es bonne musicienne aussi ; nous ferons de la musique ensemble. Joue-moi du piano.

— Demain, devant toi seul, répliqua-t-elle. Pas aujourd'hui en public.

Non qu'elle fût timide ou se sentît trop novice. Elle savait qu'elle jouait bien et elle comprenait ce qu'elle déchiffrait ou étudiait ; mais il lui répugnait de jouer devant son oncle.

En effet, le lendemain, Simone et Robert se rejoignirent au salon et entreprirent une charmante séance d'harmonie dont ils se tirèrent à merveille, quoique encore peu habitués à jouer ensemble.

Simone était admirablement douée pour la musique ; aussi accompagnait-elle le violon ou le chant avec une instinctive habileté.

CHAPITRE III

Pour tout le monde parisien que fréquentaient les Hozeranne, comme pour les serviteurs de l'hôtel, Mlle Hozeranne était traitée comme la fille de la maison ; son oncle et sa tante l'aimaient, pensait-on, presque à l'égal de leur fils, et ce n'était pas peu dire. Qui pouvait affirmer même si, un jour, Simone ne deviendrait pas tout à fait leur enfant ?

Certainement Robert était infirme, mais il rachetait ce défaut physique par tant de qualités morales, par une jolie figure et surtout par un vrai talent de violoniste qui le faisait rechercher dans les salons. Il est si commode, même pour des gens millionnaires, de trouver parmi les invités un artiste prêt à se faire entendre sans se laisser supplier, et surtout gratuitement.

Robert était aussi apprécié pour sa bonne tenue et son bon ton, pour son esprit quand il voulait bien se donner la peine de causer.

D'un autre côté, tous aimaient sa mère, la pauvre femme qui n'avait fait de mal à personne.

Quant au docteur, qui donc ne se sentait flatté de recevoir à sa table ou dans son salon cet homme éminent, membre de l'Académie de médecine, officier de la Légion d'honneur et, malgré ses airs froids, homme du monde en même temps que savant ?

Simone était maintenant de toutes les fêtes, arrivant chez son tuteur justement à cette époque joyeuse et mouvementée qui suit le Carême et précède le Grand-Prix.

Rarement le docteur refusait une invitation ; outre que les distractions de ce genre le reposaient de ses labeurs, il fréquentait dans les salons des amis, ou plutôt des collègues qu'il eût été bien empêché de voir ailleurs. Enfin il y jouissait des succès de son fils.

Avec cette autorité qu'il apportait en toute décision, il avait d'abord stipulé que Simone prendrait part aux réunions les plus intimes seulement. Mais bientôt, se départant de sa sévérité, il permit qu'on la rencontrât aux dîners plus cérémonieux, aux soirées, aux bals même, quoique sa femme lui fît observer que leur pupille était bien jeune pour qu'on la vît partout.

Il agissait aussi indulgemment, non par bonté, non dans le but de complaire à la jeune fille, mais parce qu'il espérait ainsi la rendre plus gaie, plus avide de plaisir, *moins clairvoyante* enfin dans le cercle de famille. Il savait également que Robert n'aimait pas à sortir en laissant sa cousine à la maison. Or, les désirs de Robert étaient sacrés pour Hozeranne.

Il s'étonnait seulement que l'infirme ne s'inquiétât pas davantage de la cour, discrète ou non, qui, partout, était faite à la jeune fille.

A son avis, puisqu'il aimait Simone — et la chose était bien visible — il aurait dû prendre ombrage des assiduités de tous les marivaudeurs.

Mais non. Robert jouissait de voir triompher la beauté de sa cousine ; il ne semblait pas craindre qu'on la lui enlevât.

— Sans doute est-ce parce qu'elle lui paraît encore très jeune, très naïve et inexpérimentée, pensait le docteur. Et puis, il sait bien qu'on ne la demandera pas souvent en mariage malgré sa fortune... Bah ! le sait-il réellement ? Il le présume au moins... Moi qui connais le fond des choses, je suis sûr qu'elle est parfaitement épousable et capable de rendre heureux le mari qu'elle choisira... si toutefois elle peut choisir. Mais ce mari ne sera pas mon Robert. Le cher garçon voit sa cousine, pour le moment, avec des yeux d'artiste et d'enfant ; cette fantaisie lui passera et il aura pour femme, plutôt que Simone, ce gentil démon de Renée Brézure qui n'a pas le sou et qui ne sera pas à plaindre en devenant ma bru. Quant à Mademoiselle ma pupille, si hautaine et si grave pour ses dix-sept printemps, je la marierai le plus tôt possible à un officier quelconque et titré. Songer à la garder toute la vie sous mon toit serait une folie. Cette enfant trouble la paix de mon intérieur, pèse sur mon existence comme un mauvais rêve, parce que...

Ici il s'arrêta ; avec un frisson de colère qui alluma ses yeux sombres, il poursuivit un instant après :

— Parce que j'ai un compte sévère à lui rendre et que cette douce et frêle créature a le droit de me demander : « Caïn, qu'as-tu fait de ton frère ? » Eh bien ! quoi ! Je n'ai pitié ni de lui, ni d'elle, ni de personne. Quand on m'offense, je me venge...

Hozeranne n'était pas un hypocrite. Il conduisait sa nièce dans le monde et lui laissait une grande liberté, la sachant incapable de commettre une sottise ; mais il ne lui témoignait aucune tendresse, ce qui n'étonnait personne, étant connue la froideur de cet homme pour tous, hormis pour son fils.

Par exemple, on remarquait la nuance de réserve très visible que conservait la jeune fille à l'égard de son oncle, et on l'en blâmait tout bas, car il se trouve toujours des gens judicieux pour se mêler des affaires d'autrui.

Comme elle était jeune, jolie et riche, il ne manquait pas de langues charitables pour dire entre deux valses ou deux tasses de thé :

— Eh ! mon Dieu ! oui, on la trouve charmante, cette petite Simone, mais combien peu elle est attirante ! Quelle raideur avec son oncle, si paternel cependant pour cette orpheline !...

— Paternel, heu ! heu ! répliquait Gonzague Brézure, le frère de ce « petit démon de Renée » qu'Hozeranne destinait à son fils en ses rêves d'avenir.

— Paternel à sa manière, reprenait la bonne langue ; tout le monde sait qu'il n'est pas expansif, ce cher docteur !

— Brrr ! non, en effet, ripostait le jeune fou. Rien que de le regarder ou de penser à lui, ce qui ne m'arrive pas souvent, je me sens un frisson glacé dans les moelles.

— Vous préférez penser à sa nièce ? fit « l'âme sans fiel ».

— Justement ! ricana Gonzague, et en ce cas, c'est un autre genre de sentiment que j'éprouve.

— Taisez-vous, mauvais sujet ! Vous allez dire des bêtises. Pour en revenir à Mlle Hozeranne, elle a tort de conserver cette attitude vis-à-vis de ses parents adoptifs. Cela lui nuira plus tard auprès des prétendants sérieux.

— Oh ! les prétendants sérieux, ils ne seront pas légion ! fit une autre « dame charitable ».

— Pourquoi donc ?... Non, mais je vous serais reconnaissant de m'apprendre pourquoi, demanda innocemment Gonzague.

— Pourquoi ?... Voyons, mon cher enfant, vous sortez de la lune.

— Hélas ! non, Madame, je n'y suis jamais allé.

— Vous ignorez donc que son père...

— A qui ? A la lune ?... Mais les affaires des autres ne me regardent pas ! cria le jeune homme, qui salua légèrement et courut inviter une danseuse en murmurant dans sa moustache brune :

— Elles vont débiter quelque petite infamie que j'aime mieux ne pas entendre, ces sorcières ! Moi, je tiens tous les Hozeranne pour de braves gens... pas tous folichons, oh ! non. Témoin le docte César ici présent ! Quant à Mlle Simone, elle est tout simplement adorable et je sens que je ne pourrai pas m'empêcher de le lui dire nettement. Je ne lui trouve qu'un défaut : elle n'est pas assez « fin de siècle » ; on n'ose pas lui débiter de folies comme aux autres. Renée aurait besoin de la dégourdir, et elle s'entend si bien à dégeler les autres, ma chère sœurette !

Pendant ce temps, les jalouses achevaient de déchirer doucement, à petits coups, l'exquise créature qu'était Simone Hozeranne.

Avec du mystère dans les yeux, dans les paroles, les têtes se rapprochaient et, de temps à autre, une exclamation s'échappait :

— Croyez-vous, ma chère !

— Qui vous l'a dit ?

— La pauvre enfant !

— Hélas ! la fortune ne fait pas tout en ce monde.

— Si *cela* se sait, cette chère petite ne se mariera pas aisément.

— Bah ! avec une belle dot !

— Et puis, faute de mieux, elle aura toujours son cousin.

— Le bossu ?

— Dame ! Remarquez comme il est plein de soins et d'attention pour elle.

— Oui, mais le père le permettra-t-il, lui qui, en sa qualité de médecin et ayant étudié l'hérédité...

— Du moment qu'il y a tare des deux côtés !...

— Enfin, qui vivra verra.

Et les regards suivaient avec plus d'envie que de compassion celle que les lèvres plaignaient et qui, certes, ne semblait pas avoir besoin de la pitié d'autrui.

Toujours vêtue de blanc et sans un bijou, Simone prouvait hautement qu'elle méprisait les ornements dont ne peuvent guère se passer les beautés vulgaires ou contestables. Telle quelle, simple et digne, elle attirait tous les yeux.

Mais Gonzague Brézure avait raison, elle n'était pas « fin de siècle ». Toutefois, les jeunes gens qui riaient très haut autour des jeunes filles un peu sans façon et « garçonnières » devenaient empressés comme des esclaves auprès de Mlle Hozeranne.

N'y avait-il pas jusqu'à ce petit diable de Renée Brézure qui se prenait de naïve passion pour cette jeune reine, si peu jalouse de ses succès, qu'elle y poussait encore en répandant sur sa nouvelle amie les louanges les plus enthousiastes ?

Très perspicace sous ses airs évaporés, Renée avait deviné en Simone une nature très haute, point banale, un peu « verrouillée », pour parler comme elle, mais qu'elle se chargerait bien de ramener à la gaieté de son âge.

— Les Hozeranne et les Brézure sont quelque peu parents... d'assez loin, il est vrai, disait-elle à Simone qui se reposait de la danse sur un banc, dans la serre. Figurez-vous que, tous les ans, le docteur et sa femme nous invitent, Gonzague et moi, à passer une partie de l'été aux Moires. Vous connaissez sûrement les Moires, vous, Simone ?

— Je me rappelle y être allée et m'y être plu. Je sais que ma tante et Robert aiment à y couler les mois d'été et que mon oncle va les rejoindre aussitôt que ses travaux le lui permettent.

— Oui, pendant la morte-saison, fit Renée sans rire.

Simone leva sur elle des yeux étonnés.

— Je veux dire, expliqua la malicieuse enfant, que, pendant l'été, les médecins ont moins de malades à soigner.

— Ah ! bien, je comprends. Vous disiez donc ?

— Que Gonzague et moi nous sommes invités, dès qu'arrive juillet, aux Moires, la propriété de votre tuteur, sise en Seine-et-Oise et ainsi nommée à cause de la pièce d'eau, singulièrement moirée sous les saules, qui décore son parc.

— Je sais ; et vous vous y rendez ?

— Non ; du moins jusqu'à présent nous avons toujours décliné l'invitation, ce qui est une noire ingratitude de notre part.

— Pourquoi ce refus ? Vous craignez sans doute de vous ennuyer aux Moires ? fit Simone en un demi-sourire.

— Vous l'avez dit. Je suis peu polie pour votre famille, n'est-ce pas ?

— Mon Dieu ! Vous êtes libre de penser...

— Mais cette année, nous accepterons.

— J'en serai enchantée.

— Bien vrai ?

— Je ne mens jamais, même pour faire un compliment, répliqua Mlle Hozeranne.

— Alors tant mieux ! Laissez-moi vous embrasser.

Simone tendit en souriant sa joue de rose pâle où Renée mit un baiser d'oiseau.

— Nous arriverons en juillet, Gonzague et moi, et soyez sûre que nous nous amuserons.

— Je n'en doute aucunement.

— Gonzague est le plus gai des hôtes. Et puis, vous n'aurez rien à craindre de lui.

— Comment cela ? fit Mlle Hozeranne en ouvrant très grands ses yeux verts.

— Je veux dire qu'il ne se posera jamais en prétendant ; il sera simplement fraternel, d'abord parce que ce n'est pas un coureur de dots, nous sommes pauvres, vous savez ; ensuite, parce qu'il ne veut pas se marier, et puis parce qu'il n'est pas digne de vous.

Simone se mit à rire.

— Vous avez une manière d'arranger votre frère ! dit-elle.

— Je ne l'arrange pas ; je le vois tel qu'il est, et je l'aime beaucoup, mon petit frère ; il est excellent sous des dehors... peu sérieux — comme moi, d'ailleurs — et il chérit si bien sa sœur !

— Alors, c'est convenu ; nous nous retrouverons aux Moires.

— Oui ; le docteur pourra se montrer rébarbatif, sa femme mélancolique et leur fils rêveur jusqu'à la distraction, nous nous chargeons de les secouer, de les « éclaircir », de les divertir, enfin !

Soudain, la joyeuse enfant s'arrêta, terrifiée.

— Qu'y a-t-il ? demanda Simone, inquiète.

— Mon Dieu ! Je parle et fais des projets ! Et si, cette année, ils ne nous invitent pas, vos tuteurs ?... Si souvent nous avons refusé !

— Je tâcherai de sonder ma tante à ce sujet.

— Oui, n'est-ce pas ? Mais je ne vois pas pourquoi ils ne récidiveraient plus. Et puis Mme Hozeranne comprendra que vous avez besoin d'une compagne de votre âge.

— Que feriez-vous de votre été, sans cela ?

— Nous le passerions, comme d'ordinaire, d'ici, de là. On nous sait orphelins, pour ainsi dire sans foyer et surtout sans maison de campagne, et l'on nous offre l'hospitalité. Par bonheur, la carrière de Gonzague ne l'attache nulle part absolument.

— A propos, que fait-il ?

— Du dessin, ou plutôt des illustrations de romans. A ce métier, ni fastidieux ni pénible, on gagne de quoi faire figure dans le monde, ce que ne nous permettraient pas nos modestes quatre mille francs de rente.

— Vous êtes charmante, dit Mlle Hozeranne, je serai toujours heureuse de vous revoir.

Sur ce elle se leva et rejoignit sa tante qui la cherchait pour partir, laissant le joyeux petit diable pénétré de reconnaissance et d'admiration pour cette gracieuse amie pourtant plus jeune qu'elle de quelques années.

CHAPITRE IV

Lasse de réunions mondaines, de toilettes, de compliments, Simone a suivi avec plaisir, au milieu de juin, sa tante et son cousin aux Moires, belle propriété que possède le docteur en Seine-et-Oise, en effet, et où il aime à se reposer de la science et des mornes visites aux malades ; il ne peut réellement l'habiter que dès la fin de juillet ; mais, en attendant ces vacances complètes, il y passe deux ou trois jours par semaine.

De plus, la proximité de Paris lui permet, au reçu d'un télégramme ou si on l'appelle par téléphone, d'y courir pour un cas urgent.

Aux Moires, enfin, il ne reste pas oisif, pas assez même, soupire sa femme qui n'ose lui conseiller le repos absolu, sachant qu'une certaine activité est nécessaire à ce cerveau dévorant.

Sans négliger ses malades ni son service à l'hôpital, Hozeranne a entrepris des travaux importants sur le règne du microbe, principalement sur l'hygiène et les épidémies ; or, ces deux gros volumes ne sont qu'à l'état d'ébauche, et le manuscrit commencé est bien mince encore, car les notes restent emmêlées et exigeraient de laborieuses semaines pour leur seul déblayement.

Hozeranne ne veut pour cela ni de l'aide de sa femme, qu'il estime une créature moralement trop inférieure, ni de celle de son fils, qu'il souhaiterait voir « faire le lézard » tout le jour.

Il parle souvent de prendre un secrétaire auquel il assignerait une tâche quotidienne.

Mais le choix est difficile, le docteur exigeant presque la perfection dans le sujet qu'il désire.

Il veut un homme absolument bien élevé, qui, malgré qu'il lui soit nécessaire de gagner sa vie, ait l'habitude du monde ; qui, de plus, sache se montrer modeste, toujours prêt à s'effacer et à manifester une entière soumission aux ordres de son maître.

On lui a proposé un séminariste supérieurement intelligent et porté vers les sciences abstraites : Hozeranne, qui est athée, l'a repoussé avec horreur.

Jusqu'à présent, il n'a rien trouvé.

Mme Hozeranne et Robert s'en soucient peu, préférant voir ce laborieux se contenter de sa besogne habituelle, assez fatigante déjà.

Simone n'est pas seulement satisfaite de venir aux Moires parce que l'air devient étouffant à Paris et qu'elle compte se plaire à la campagne, mais aussi parce qu'elle sera loin de son oncle.

Elle continue à se sentir mal à l'aise, sans savoir pourquoi, aux côtés de cet homme qui ne peut la regarder sans qu'un trouble, presque une terreur, se glisse sur son visage ; et elle lui en veut toujours de ne jamais souffrir qu'elle parle de ses parents défunts.

Aux Moires, elle se sent comme allégée, comme rajeunie, entre sa tante qui lui témoigne une sorte d'affection craintive, mais dévouée, et Robert qui l'aime sincèrement.

Bientôt arriveront les Brézure, et entre ce frère et cette sœur si pleins de juvénile entrain, comment pourrait-on s'ennuyer ?

Ce petit cerveau détraqué de Renée a de ces idées, de ces extravagances qui amènent forcément le rire sur les lèvres.

Quant à Gonzague, guère plus pondéré, il invente de ces amusements qui font passer très vite les heures.

Les Moires, mi-château, mi-villa, étaient une charmante résidence ; sans doute l'hiver, et même au automne, ce lieu devait suinter la tristesse et l'ennui avec sa maison close, ses jardins morts, ses fleurs desséchées, ses feuilles jaunies ou tombées et la bise aigre qui l'enveloppe ; mais en ce moment tout y était exquis : le souffle du vent caressait sans faire frissonner, les bosquets restaient verts, le ciel bleu, les eaux bleues également, mais d'un bleu moiré d'argent ; les roses embaumaient, les nuits étaient tranquilles et douces, les journées ensoleillées, sans orages.

Simone en profitait, le matin, pour se rendre à la messe du village et pour visiter ensuite quelques indigents.

N'était-elle pas riche et indépendante ? Ne devait-elle pas aux malheureux une partie d'un superflu dont elle se souciait peu d'ailleurs ?

L'après-midi et le soir elle faisait de la musique avec son cousin, et une promenade à pied, en voiture ou à cheval. En général, après dîner, on rêvassait sur la terrasse, devant les étoiles, presque toujours en écoutant le violon de Robert.

Fréquemment on avait des invités, et le soin de les distraire occupait plus encore la soirée.

Dès que parurent Gonzague et Renée Brézure, la vie devint plus gaie aux Moires, même les jours où le docteur arrivait de Paris pour quarante-huit heures.

Il avait toujours goûté le joyeux babil de Renée que la présence d'un monarque n'eût même pas gênée. Il lui donnait la réplique, la taquinait et souriait de ses excentricités.

— Si ma nièce Simone était ainsi, pensait-il parfois, j'en serais, ma foi ! satisfait ; elle paraîtrait si heureuse de vivre, que je n'éprouverais pas à sa vue le sentiment de malaise, de... remords, disons le mot, que j'éprouve devant la jolie énigme triste qu'est cette jeune fille. Lorsqu'elle me regarde de ses yeux si purs, je ne puis m'empêcher de détourner les miens avec honte.

Juin s'achevait donc très paisiblement aux Moires. Juillet commençait de même.

Depuis sa sortie du couvent, c'est-à-dire depuis quatre mois, Simone, qui approchait des dix-huit ans, semblait tout à fait une jeune fille, embellissant chaque jour davantage.

— Ce qui devient positivement inquiétant, lui déclarait Renée, de sa petite voix nette et rieuse.

— Pourquoi, folle ? demandait Simone.

— Dame ! Tu ne pourras plus sortir sans traîner à ta suite des centaines de soupirants. Je t'en connais déjà une quinzaine.

— Rien que cela ?

— Au moins. Et c'est très humiliant pour moi de me promener avec toi.

— Vraiment ! Est-ce que tu comptes me servir de chaperon ?

— Non, mais j'ai l'air, à tes côtés, d'une pauvre petite araignée, d'un repoussoir.

— Une gentille petite araignée et un charmant repoussoir, en ce cas, répliqua Simone, riant.

On le voit, leur intimité s'était resserrée depuis leurs rencontres à Paris, et les jeunes filles en étaient aujourd'hui au tutoiement.

— Ce qu'il y a de curieux, reprenait Mlle Brézure, sérieuse en ce moment, c'est que l'admiration que tu dois lire dans les yeux, puisque je la lis, moi, ne te rend pas vaniteuse.

— La vanité est chose idiote. Cependant, il ne se peut nier que j'aime mieux plaire que déplaire.

— Et être belle plutôt que simplement jolie !

— Mais je sais aussi que les hommes ne sont pas toujours bien difficiles dans leurs goûts. On en a vu faire la cour à de véritables laiderons. Et puis...

— Eh bien ?

— Ils me savent riche, soupira Mlle Hozeranne d'un petit air sceptique.

— Pas tous. Ceux que tu rencontres dans le monde, oui, sans doute, rétorqua Renée. Mais ceux que tu croises dans la rue ?

— Ils le devinent à ma mise.

— Allons donc ! Tu te figures qu'ils ne pensent qu'à l'argent, vilaine incrédule ! Il y en a des masses qui t'aimeront pour tes beaux yeux, mais ceux-là, vois-tu, ils n'oseront peut-être pas te le dire. Enfin, moi, je sais bien que lorsque tu aimeras quelqu'un, tu deviendras coquette.

— Tu en parles bien savamment, toi, Renée. Aurais-tu donc éprouvé cela déjà ?

Les yeux espiègles de Mlle Brézure brillèrent.

— Oh ! moi, déjà quatre ou cinq fois. Tu sais que je suis ton aînée, Simone.

— De si peu. Mais serais-je indiscrète en te demandant comment tu as pu, si jeune, éparpiller ainsi ton cœur ?

— Indiscrète, nullement. Je ne comprends pas comment cela s'est fait, mais je me suis d'abord toquée d'un vieux Monsieur très bon et très comme il faut, qui venait voir mes parents et m'apportait des dragées. Quand il est mort, je l'ai bien regretté, je t'assure.

— Après ?

— Après ? Oh ! Simone, ce fut bien plus sérieux : figure-toi un pauvre professeur de dessin à moitié poitrinaire qui donnait des leçons à Gonzague et, je le crains, n'avait pas de quoi manger à sa faim.

— Je suis sûre que tu t'intéressais à lui justement pour cela !

— Peut-être bien. Ce que je lui ai servi de tasses de thé entourées de sandwichs énormes !

— Alors tu l'as pleuré quand il est mort ?

— C'est que, voilà... il n'est pas mort du tout ; il s'est marié avec une veuve riche.

— Ah ! fit Mlle Hozeranne, égayée. Cela a dû te peiner beaucoup.

— Au contraire, j'ai été ravie.

— Tu ne l'aimais pas, en ce cas.

— Beaucoup, au contraire, puisqu'il fut un temps où je ne rêvais qu'à lui. — Tu ne penses pas comme moi ? — Je me suis réjouie, alors, de le voir hors du besoin.

— Moi, il me semble que si j'aimais réellement quelqu'un, je souffrirais plutôt de le voir donner son affection à une autre.

Ceci était trop profond pour la cervelette de Renée ; elle confessa humblement :

— Ah ! peut-être bien, après tout. Pour finir, je me suis attachée à un jeune pasteur anglican que j'ai vainement essayé de convertir à ma religion.

— Je ne te vois pas très bien dans ce rôle. Où en est-il maintenant, ton pasteur ?

— Au fond du Canada et père d'une douzaine d'enfants.

— Et toi ?

— Moi ?... Je ne suis pas...

— Je veux dire : où en est ton cœur ?

Renée devint toute rose.

— Il reste en paix. Cependant... il y a quelqu'un... un musicien, cette fois, qui l'a touché.

— Robert, pensa Mlle Hozeranne, sans rire.

Au bout d'un instant de silence, Renée reprit timidement :

— Simone, dis-moi, comment aimes-tu ton cousin ?

— Lequel ?

— Je ne t'en connais qu'un : Robert Hozeranne.

— Nous y sommes ! se dit Simone qui ajouta tout haut : Mon Dieu !... uniquement comme un frère.

— Pas autrement ?

— Mais non. Et toi ?

— Moi, répondit lentement Renée, les yeux à terre, quand il joue du violon, je sens que tout mon cœur lui appartient.

— Seulement quand il joue du violon ?

— Oui, figure-toi, dit la jeune fille naïvement, je reste du temps, je ne le vois plus sous le même aspect.

— Cela viendra, conclut Simone, qui pensa : « S'ils pouvaient s'aimer un jour et s'épouser ! Robert serait heureux et ses parents avec lui... Et jamais il ne causerait de peine à sa femme. »

— Dis-moi, Simone, continua Mlle Brézure qui demeurait pensive. Est-ce que, à ma place, tu l'épouserais ?

— Un cousin germain, jamais !

— Mais, à ma place ? Epouserais-tu un... un bossu, là !

— Oui, si je l'aimais, car l'infirmité est légère quand la santé reste bonne, et si l'infirme a de l'intelligence et un cœur élevé, ce qui est le cas de Robert. Ah ! Renée, il y en a tant qui n'ont ni l'un ni l'autre et qui sont beaux !

Renée se leva, et, embrassant son amie :

— Toi, je voudrais te voir le cœur pris, car tu es une âme à la fois tendre et hautaine qui se donne tout entière et pour jamais.

— J'y compte bien.

— Et celui que tu choisiras sera doué de qualités exquises et de quelques défauts charmants.

— Comme tu arranges cela, petite folle !

— Je prévois juste, va ! s'écria l'espiègle. Et maintenant, assez causé avenir et mariage ; viens un peu ramer sur l'étang.

La main dans la main, les deux amies se dirigèrent en effet vers la pièce d'eau qui brillait sous le soleil, avec de larges plaques moirées là où flottait l'ombre foncée des saules.

CHAPITRE V

Enfin le docteur Hozeranne ramena un jour de Paris un secrétaire.

Ce n'était pas ce qu'il avait rêvé, loin de là ; mais, pris d'une ardeur nouvelle pour ses études sur les microbes, il avait embauché le premier bachelier ès sciences venu qui eût besoin de gagner quinze louis par mois et voulût bien écrire sous sa dictée ou trier ses notes.

Paul Le Briac était simplement un fat doublé d'un ignorant et surtout d'un paresseux, malgré ce titre de bachelier qu'il avait décroché grâce à beaucoup de recommandations.

Lorsque, au premier repas qu'il prit aux Moires avec la famille Hozeranne, il voulut faire parade de son esprit, émettre des bons mots connus de longue date et lorgner les jeunes filles, il souleva un *tollé* général et... silencieux, heureusement pour lui.

Lorsqu'il suivit le docteur sur la terrasse pour convenir du labeur du lendemain en fumant un excellent cigare, le *tollé* éclata au salon, où les dames, avec Robert et Gonzague, achevaient de savourer leur café.

— Ce pauvre César n'a pas eu la main heureuse, soupira doucement Mme Hozeranne.

— Dites plutôt, mère, qu'il a rapporté de Paris une huître, ajouta le bossu.

— Doublée d'un dindon vaniteux, fit Gonzague.

— En tous cas, ce jeune homme est mal élevé, conclut Simone, rougissant au souvenir des regards trop crûment admiratifs dont il l'avait poursuivie pendant le dîner.

— Je ne lui donne pas deux jours pour déplaire à mon père et se faire congédier, reprit Robert.

— Comme nous sommes peu charitables ! fit observer Mme Hozeranne.

— Chère Madame, vous ne voudriez pas que j'admire un fat, répliqua Gonzague.

— Bah ! fit Robert, ne nous gênons pas pour ce monsieur, et agissons entre nous comme s'il n'y était pas.

On suivit ce programme, moins aisé qu'on ne croit à remplir lorsqu'on a près de soi un individu assez malappris pour se conduire comme s'il était de la famille et se mêler de tout, sans aucune discrétion.

Le docteur ne disait rien, car il espérait qu'au moins comme secrétaire Paul Le Briac ne laisserait rien à désirer.

Hélas ! là encore il fut amèrement déçu. Avec une suffisance ridicule en ce garçon de vingt-quatre ans, Le Briac voulait mener les choses à sa guise, donner des conseils sur la direction du travail, sur l'éditeur à choisir, etc.

Pour un peu il se serait mêlé de l'éducation de Mlle Hozeranne, aurait morigéné Gonzague et Renée Brézure ou écrasé Robert de sa science et de ses lumières.

Les jeunes gens s'amusaient follement, riant en sourdine et feignant de le consulter pour tout et de le croire infaillible. Mme Hozeranne et Robert se fatiguaient de cette présence gênante et indiscrète ; seule Simone ne paraissait guère s'apercevoir que Le Briac fût là.

Cet état de choses ne pouvait durer longtemps ; profitant un jour d'une bévue commise par l'inepte secrétaire, le docteur le remercia, et toute la maisonnée le vit partir avec un inexprimable soulagement.

— Ouf ! dit Renée avec son sans-façon amusant et se faisant ainsi l'interprète de la pensée générale, si ce monsieur était resté ici huit jours de plus, je sens que je serais devenue enragée.

— Tu es ingrate, ma petite sœur, fit Gonzague, affectant le sérieux, car M. Le Briac s'intéressait beaucoup à toi.

— Vraiment ? riposta Renée, ironique.

— Je crois même, ajouta le bossu, plaisantant à son tour, qu'il n'eût tenu qu'à vous, Renée, de devenir Mme Le Briac.

Mlle Brézure éclata de rire.

— Ah ! mais non, dit-elle ; oubliez-vous que ce singulier personnage nous a fait sa profession de foi sans vergogne ?

— Quelle profession de foi ? Je me souviens si peu des discours de ce phraseur.

— Ici, le « charmant jeune homme » n'a pas « phrasé » ; il a déclaré en toutes lettres qu'il n'épouserait jamais qu'une héritière, ses hautes facultés ne devant se développer que dans un cadre luxueux, au milieu du bien-être.

— Oh ! dit Gonzague, il y a des gens si chanceux ! Il est bien possible que cet imbécile prenne un beau jour à l'hameçon une petite bourgeoise bien dotée qui se laissera éblouir par une moustache brune et de beaux speeches.

— Tant pis pour celle-ci !

— Le monde est plein de naïfs et de naïves qui trouvent ainsi leur voie.

— Et qui sont malheureux... ou malheureuses.

— Mon Dieu ! répliqua Gonzague, on voit des femmes en perpétuelle extase devant un mari qui se soucie d'elles comme d'un fétu de paille, mais elles sont contentes de peu et il n'est pas nécessaire de les plaindre.

Puis, tout à coup, pensant que Mme Hozeranne était une de celles-là, il rougit et poursuivit pour rattraper sa bévue :

— Il y a également des hommes qui se font toute leur vie l'esclave d'une femme très médiocre ; ceux-ci sont heureux de même.

— Si nous parlions d'autre chose que de ce peu intéressant Le Briac ! suggéra Simone avec ennui.

— Mais il me semble que nous l'avons bien abandonné, puisque nous philosophons sur les ménages en général, répliqua Mlle Brézure.

Et, pensive, elle ajouta :

— Moi, d'abord, des deux rôles dont nous venons de parler, j'aimerais mieux le premier.

— Etre la femme idolâtrant absurdement un mari égoïste ? demanda Robert, qui, lui, n'établissait aucune comparaison dans son esprit.

— Je trouve encore plus doux d'aimer que de se laisser aimer. Et vous ? Allons, aux voix ! s'écria-t-elle en s'adressant à tous.

De son accent ténu, timide, Mme Hozeranne prononça :

— Renée, je suis de votre avis. Et toi, Robert ?

— Moi, répondit le bossu en regardant Simone, je trouve que, s'il est bon d'aimer, il est très amer de n'être point payé de retour.

— Je pense comme toi, Bob ! s'exclama Gonzague. Si, nous autres hommes, nous devions toujours...

— Toi, tu peux te taire, autrement tu nous diras des bêtises, interrompit Renée. Et toi, Simone ?

— Que sais-je de tout cela ? fit Mlle Hozeranne en secouant la tête, pensive.

— Mais encore ? Tu peux bien avoir une opinion.

— Soit. Je dis aussi que, entre aimer en souffrant ou être aimée sans rien donner de soi-même, sans hésitation je préfère le premier cas.

— Oh ! vous, gronda Gonzague en lissant les pointes de sa soyeuse moustache, vous ne courrez pas le risque de voir dédaigner votre affection.

— Qu'en savez-vous ?...

— Et, au contraire, l'interrompit le bossu d'un air sombre, il est probable que tu en feras souffrir beaucoup.

— Pourquoi cela ? demanda Simone, sincèrement étonnée.

— Dame ! expliqua son amie, malgré toute ta bonté, ma chérie, tu ne pourras jamais aimer tous ceux qui t'aimeront ; tu aurais trop à faire.

On rit. Seule, Simone demeura songeuse et dit à mi-voix :

— Je voudrais ne jamais blesser le cœur qui se donnera à moi.

— C'est vrai, mais il est des circonstances... recommença Renée.

Avec fatigue, Mlle Hozeranne lui coupa la parole :

— N'avons-nous pas épuisé ce sujet épineux ? dit-elle. Robert, fais-nous donc un peu de musique : nous t'en serons tous reconnaissants.

Le moindre désir de Simone devenait sacré pour le jeune homme ; il alla chercher son violon, l'accorda et se mit à jouer.

Et tandis que l'archet volait sur les cordes sonores, les yeux du musicien — ces grands et beaux yeux si expressifs — semblaient se voiler, se remplir de ténèbres comme pour dissimuler aux regards de ses auditeurs les secrètes tristesses de son âme.

Et il jouissait divinement, pourtant, car il sentait fixées sur lui les prunelles d'émeraude de sa cousine ; il ne se disait pas qu'une autre aussi le contemplait en l'écoutant ; qu'un cœur jeune et bon battait pour lui alors et que Mlle Brézure soupirait tout bas :

— En ce moment, Robert est pour moi le plus beau des êtres malgré sa difformité. Quand on a un pareil talent, on est au-dessus de tous, et les mieux doués de la nature peuvent lui porter envie. Mais, voilà, ce n'est pas pour moi qu'il joue, ni à moi qu'il pense en nous faisant entendre de si jolies choses !

CHAPITRE VI

Ce jour-là, Simone éprouvait mieux que du soulagement, presque de l'allégresse à se trouver seule aux Moires.

Les jeunes Brézure avaient dû partir la veille pour se rendre pendant une semaine ou deux chez une parente malade, après avoir juré solennellement de revenir.

De son côté, Mme Hozeranne avec son fils passait la journée chez des amis, à Saint-Germain, et Simone avait obtenu de ne pas se joindre à eux, prétextant un commencement de migraine que la tranquillité devait enrayer tout de suite.

Effectivement, une fois seule elle s'enferma au petit salon à demi obscur et plus frais que sa chambre, et s'y endormit bientôt.

Par ce paisible mois de juillet, le temps était superbe, mais un peu orageux ; le souffle du vent brûlait ; le ciel se montrait d'un bleu trop intense ; le soleil dardait ses rayons impitoyables.

Au jardin, les fleurs se penchaient, accablées, malgré les efforts tentés par le jardinier, le matin, pour les désaltérer.

Dans la campagne, tout reposait comme en une insurmontable lassitude, animaux, insectes, objets même ; nul bruit ne s'élevait à l'extérieur, pas plus que dans la maison où les domestiques accomplissaient leur besogne quotidienne avec une somnolente lenteur.

Avant midi, toutefois, un certain mouvement se produisit aux Moires : un étranger se présenta, demandant à parler à Mme Hozeranne.

— Il venait, disait-il, de la part du docteur, pour s'installer comme secrétaire à la maison.

Plutôt méfiant de sa nature, le valet de chambre avait coutume de n'introduire les visiteurs qu'à bon escient. Mais celui-ci lui parut si « gentleman », si grand seigneur, qu'il n'hésita pas une minute à lui ouvrir la porte du salon où il le fit entrer en disant :

— Madame n'y est pas en ce moment, mais Mademoiselle, sans doute, recevra à sa place.

Le brave garçon croyait la jeune fille retirée dans son appartement ou au jardin ; il ne l'aperçut même pas, en poussant doucement les persiennes trop closes afin de donner plus de lumière au visiteur.

Car l'entrée inopinée de celui-ci, précédé du domestique, n'avait pas éveillé la dormeuse.

Demeuré seul, ou plutôt se croyant seul, l'envoyé du docteur jeta autour de lui le machinal regard de tout homme introduit pour la première fois dans un salon ; bien vite, ses yeux tombèrent sur la jeune fille endormie sur le divan, dans une pose plus souffrante qu'abandonnée.

Avec surprise il considéra le joli visage très blanc appuyé au coussin de peluche rouge, et son goût artistique fut agréablement impressionné.

— Le docteur Hozeranne ne m'avait pas dit qu'il eût une fille, murmura-t-il ; mais il est si original ! Et puis, la ravissante enfant que j'ai sous les yeux peut ne pas être sa fille. En tout cas, elle ne lui ressemble guère.

Comme il était galant homme, et afin de ne point gêner la dormeuse si elle venait à s'éveiller, et le domestique tardant à paraître, l'inconnu, avisant une porte-fenêtre entr'ouverte sur une galerie qui entourait la maison, s'éloigna sur la pointe du pied et alla s'accouder dehors, aux balustres du balcon, au risque d'attraper un coup de soleil sous l'ardeur tropicale de midi.

Au bout d'une ou deux minutes employées à penser à la jolie image du sommeil entrevue au salon et point du tout à admirer le parc, il crut ouïr un faible gémissement et rentra sans bruit dans la pièce qu'il venait de quitter.

Sans doute la dormeuse était en proie à un affreux cauchemar, car une plainte s'échappait de ses lèvres, ses paupières battaient, la sueur perlait à ses tempes et ses petites mains tremblaient.

Charitablement, l'inconnu crut devoir l'éveiller ; il remua un meuble assez fort pour que la jeune fille rouvrît brusquement les yeux.

Une seconde elle demeura immobile, puis se ressaisit bientôt et se redressa.

Il n'avait pas eu le temps de regagner la galerie. A l'aspect du jeune homme, Simone comprit qu'un visiteur avait été introduit par l'étourderie du valet de chambre, et elle rougit faiblement.

Sa délicatesse de jeune fille était froissée de se savoir surprise par un étranger dans l'abandon du sommeil ; mais lui, devinant sa confusion, se hâta de dire :

— Excusez-moi, Mademoiselle ; j'entre ici, encore aveuglé par le flamboiement du soleil au dehors, et sans rien voir. Je vous ai sans doute effrayée.

— Un peu, Monsieur, mais je suis remise à présent, répondit Mlle Hozeranne en se levant avec un certain effort.

— Le domestique qui m'a introduit est à votre recherche, Mademoiselle.

— Il oublie que mon oncle et ma tante sont absents ainsi que leur fils.

— Je le sais, murmura le jeune homme évidemment contrarié, en tirant de sa poche une large enveloppe sur laquelle Simone reconnut aussitôt l'écriture, assez mauvaise d'ailleurs, de M. Hozeranne.

— Je n'aurais pas osé vous importuner, Mademoiselle, poursuivit le visiteur, mais il m'a été répondu que, en l'absence de Mme Hozeranne, sa... fille pouvait recevoir.

— Je ne suis pas la fille, mais seulement la nièce et la pupille du docteur, rétorqua Simone avec un demi-sourire ; je porte le même nom. Mais voyons, de quoi s'agit-il, Monsieur, et suis-je en mesure de vous renseigner ?

— Il faudrait lire ceci d'abord, dit le jeune homme en tendant la lettre qu'il tenait, d'un mouvement à la fois gracieux et digne.

Simone la prit, la retourna, lut la suscription qui portait le nom de sa tante et murmura :

— Dois-je lire ? Est-ce urgent ?

Comme son visiteur se taisait, elle poursuivit à mi-voix :

— Oh ! mon Dieu, oui. Ma tante me charge de répondre à tout pour elle dès qu'elle s'absente. Il ne s'agit de rien de secret, de personnel, Monsieur, dites ? ajouta-t-elle, levant sur l'étranger ses grands yeux verts, si purs, mais si troublants pour qui savait y lire la pensée jamais banale.

— Il n'y a rien de secret ni de personnel, non, Mademoiselle, et la lettre m'a été remise ouverte.

— Bien entendu, pensa Simone ; on ne traite pas ce Monsieur, si étrangement distingué, comme un simple porteur de messages.

D'un coup d'épingle elle déchira l'enveloppe fraîchement collée, et, s'approchant de la fenêtre, elle lut :

« Ma chère amie,

» Cette lettre vous sera remise par M. de Kiprianeff que je vous prie d'accueillir et d'installer immédiatement aux Moires comme s'il était un des nôtres.

» Je ne croyais pas de si tôt rencontrer un secrétaire après cet imbécile de Le Briac que le diable confonde ! Mais j'ai eu, cette fois, la main on ne peut plus heureuse, et je me réjouis de voir que, avec un aide intelligent, mon ouvrage avancera beaucoup plus vite que je ne l'espérais.

» M. de Kiprianeff, qui n'est étranger qu'à moitié, est un jeune homme précieux à tous les points de vue, car il a tout étudié, même un peu de médecine ; beaucoup voyagé, et il parle à la perfection plusieurs langues.

» De plus, il est de notre monde, et son titre de secrétaire ne sera pas, chez nous, synonyme de subalterne.

» Je suis tellement content de ma découverte (je la dois à Grébilly) que je voudrais en jouir tout de suite. Nous sommes à lundi et je ne reparaîtrai pas aux Moires avant mercredi soir : d'ici là, mon secrétaire, plein de zèle, tentera de débrouiller mes notes. Livrez-lui donc, je vous prie, avec mon cabinet, la clé de mes archives et de ma bibliothèque ; il pourra entamer son travail, et jeudi nous aurons une partie de la besogne faite.

» A bientôt. J'embrasse mon fils. A vous mes bonnes amitiés.

» CÉSAR. »

— Dieu ! Quel enthousiasme ! pensa Simone en repliant la lettre avec lenteur. Je n'ai jamais vu mon oncle ainsi. Pourvu qu'il ne voie pas trop en beau et ne coure pas au-devant d'une nouvelle déception ! C'est nous, en ce cas, qui supporterions sa mauvaise humeur. Ce jeune homme n'a guère l'aspect d'un secrétaire. Après tout, peut-être n'est-il ici qu'en intermédiaire pour un de ses amis.

Elle leva les yeux et le regarda, tandis qu'il examinait de loin un Corot faisant pendant, sur le mur tendu de vieil or, à une fine tête de Henner.

Chez tout autre que cet homme paraissant encore très jeune, quoique, en réalité, il eût atteint sa trentième année, l'élévation excessive de la taille eût été un défaut, un sujet de gêne ou de gaucherie.

Chez lui c'était une grâce, tant il y avait d'harmonieuses proportions dans ce corps souple et mince qu'on sentait pourtant robuste.

Petite, la tête rachetait ce qu'il y avait d'un peu flou dans les traits par le port naturellement hautain, par l'expression souverainement intelligente du front, par la coupe des cheveux, démodée à présent, mais qui, sans raie, droite et en brosse, donnait de l'énergie au visage.

Ni mat, ni coloré, le teint montrait cette peau un peu brouillée des hommes blonds qui ont passé leurs jours sous divers soleils sans pouvoir se hâler complètement.

Bien que cachée sous la moustache dorée, la

bouche semblait grave. Le nez eût gagné à être plus long.

Mais ces peu saillants défauts, dans ce visage sans caractère frappant, ne se voyaient pas tout de suite. On était attiré avant tout par le regard tour à tour profond ou lointain d'yeux de couleur indécise, tantôt bleus, tantôt gris.

Aucune morgue dans ce regard, et pourtant l'expression en paraissait particulièrement hautaine ; dès qu'il le fallait, elle devenait douce, tendre et même caressante.

D'une simplicité touchant à l'insouciance, la mise ne pouvait rabaisser cette étrange physionomie ; mais on sentait que jusque sous les habits d'un artisan cet homme aurait eu l'air du gentilhomme qu'il était réellement, et que nulle erreur ne semblait possible avec lui.

A son accent, on le devinait étranger, quoiqu'il parlât un français très pur et sans recherche.

Par instants il hésitait, à la poursuite du mot qui lui échappait, le sourcil un peu froncé, jusqu'à ce qu'il fût parvenu à vaincre la mémoire rebelle.

— Ce n'est pas vous, Monsieur, qui êtes M. de Kiprianeff ? demanda d'une voix gracieuse Mlle Hozeranne.

Il eut un demi-sourire.

— Mais si, Mademoiselle, c'est moi, Otto de Kiprianeff, qui vais m'atteler dès aujourd'hui, si possible, à la besogne que veut bien me confier M. Hozeranne.

Simone ne répliquait pas ; ses yeux disaient clairement :

— Vous, un secrétaire ! vous, un homme payé pour faire le bon plaisir de mon oncle !

Il se méprit à l'expression de ce regard et pensa que, seule à la maison, elle n'osait installer un homme de l'identité duquel elle n'était pas sûre.

— Mais, se hâta-t-il d'ajouter, je devine vos perplexités, Mademoiselle ; c'est entrer bien inopinément dans une famille où m'introduit seulement un morceau de papier...

— Signé de la main de mon oncle, Monsieur. A cet égard, je n'ai aucune inquiétude ; mais... ma tante et mon cousin ne reviennent que ce soir...

Il comprit la cause de son hésitation.

— Devant ce contre-temps, je n'ai qu'une chose à faire, dit-il, et c'est tout simple : retourner à Paris et revenir ici demain matin.

— Mais, mon oncle comptait...

— Qu'à cela ne tienne, Mademoiselle : je ferai en deux jours double besogne et rattraperai le temps perdu ; les longues veillées me connaissent.

Elle rougit imperceptiblement.

— Ce n'est pas ce que je voulais dire, fit-elle, et je compte bien que, à peine installé aux Moires, vous n'irez pas vous courber sur une table de travail quand le temps est lourd et la campagne plaisante.

Mon oncle n'aime pas qu'on enfreigne ses... désirs ; il a demandé qu'on vous gardât ici, je ne vois pas pourquoi vous repartiriez pour Paris en pleine chaleur, comme cela, à l'heure du déjeuner, ajouta-t-elle d'un ton tout à fait décidé.

— Alors je peux m'abriter au village voisin et y trouver ma pâture, répliqua-t-il avec un sourire qui adoucissait étrangement sa physionomie un peu grave.

— Je ne le permettrai pas, et d'ailleurs mes parents me blâmeraient d'agir ainsi.

Il insista, mais elle y coupa court en poussant un bouton électrique.

— Veillez à ce que rien ne manque dans l'appartement qu'occupait M. Le Briac, dit-elle tranquillement au valet de chambre qui parut. Vous mettrez le couvert de Monsieur et le servirez dans la petite salle à manger ; désormais il habitera ici.

Avant que le domestique eût refermé la porte, elle ajouta, se tournant vers l'étranger :

— Vous m'excuserez de vous laisser déjeuner seul, Monsieur, ce qui sera un peu triste pour un jour d'arrivée et guère hospitalier de ma part ; mais si je me trouve à la maison en ce moment, c'est parce que, prise de migraine ce matin, j'ai dû renoncer à accompagner chez nos amis ma tante et mon cousin, le repos absolu étant le seul remède à mon malaise. Agissez donc comme si vous étiez des nôtres, vous savez que mon oncle l'a recommandé. Faites connaissance avec votre appartement, avec le parc et le jardin. Dès que ma tante rentrera, elle vous mettra au courant de votre besogne.

La jeune fille parlait à cet inconnu avec une sympathie qui l'étonnait elle-même.

Jusque-là, elle ne s'était jamais sentie attirée avec une telle force vers un homme ; et celui-ci, pourtant, n'était pour elle rien de plus qu'un étranger.

Oui, mais il lui semblait être tellement élevé au-dessus de ceux qu'elle avait rencontrés jusqu'alors ! tellement différent d'eux au physique et au moral !

En lui-même, Otto admirait avec quelle aisance elle avait su se tirer d'un pas difficile, et, tout en exigeant qu'il ne quittât point la demeure où elle était seule pour la journée, éviter un tête-à-tête embarrassant et trop intime pour un inconnu.

En même temps, c'était affirmer avec la grâce la plus délicate qu'aucune arrière-pensée ne lui restait dans l'esprit, et que les secrétaires de son oncle ne la trouvaient point sur la défensive.

Quelque agréable qu'il eût déclaré le repas en face de cette séduisante personne, le jeune homme se disait que tout était bien mieux ainsi et que tout décorum restait sauvegardé.

En attendant que le domestique vînt annoncer que l'appartement était prêt, Mlle Hozeranne avait fait asseoir son hôte ; elle lui parlait maintenant du temps, de Paris, de ses futures occupations, sans lui poser aucune question sur lui-même.

La curiosité seulement un peu excitée par le nom exotique, elle lui demanda :

— Vous êtes Russe, Monsieur ?

— Par mes grands-parents paternels, oui, Mademoiselle ; Polonais par mon aïeule maternelle et par ma naissance à Varsovie ; enfin Français par ma mère.

Le joli visage de Simone s'éclaira d'un sourire.

— Tant mieux ! dit-elle. Russe ou Polonais,

pour nous autres Français qui aimons également la Pologne et la Russie, vous êtes un des nôtres.

Il s'inclina sans répondre.

Quand le valet de chambre reparut, elle lui ordonna de conduire à son appartement M. de Kiprianeff de qui elle prit congé avec une simplicité pleine de grâce.

Pendant qu'il s'éloignait, sur un salut empreint de respect, involontairement elle songea encore à cet homme qui produisait sur elle une impression si étrange ; qui lui semblait si haut placé au-dessus de ceux qu'elle connaissait déjà, et elle fronça le sourcil à l'idée qu'il allait habiter la chambre où l'inepte Le Briac avait dormi et sans doute couvé de stupides rêves en fumant sa lourde pipe.

Quelques instants après, en revoyant François, elle lui renouvela ses recommandations, entr'autres celle de servir le nouveau venu et de lui parler comme s'il fût M. Gonzague même, alléguant pour cela les ordres du docteur.

Mais elle comprit que le brave garçon ne risquait pas de se faire gronder pour user d'une trop grande liberté d'alluré ou de langage avec M. le secrétaire, car il répondit dans un rire qui fendit sa vaste bouche jusqu'aux oreilles :

— Pas de danger que je manque de respect à ce monsieur-là ! Il a une façon polie mais nette de vous demander un service : on sent tout de suite le particulier chic qui a l'habitude de commander et à qui on obéit. Il a l'air d'un prince déguisé. Ah ! c'est pas comme M. Le Briac, qui ne savait pas garder ses distances.

Simone sourit et coupa court aux justes réflexions de François, que dix années de service chez les Hozeranne autorisaient à user d'une certaine familiarité.

— Ainsi, se disait-elle en s'éloignant pour de bon cette fois, après avoir, cependant, ordonné qu'on lui apportât du thé dans sa chambre, me voilà d'accord même avec ces humbles gens pour vanter la distinction de M. de Kiprianeff. Mais qui peut connaître le fond des âmes ?... Les Slaves ont, affirme-t-on, cette grâce prenante et souple, mais aussi une nature capricieuse, ondoyante, superficielle. Bah ! nous verrons bien ce que sera celui-ci, qui, du reste, n'est Russe qu'à moitié.

Il ne semblait plus y avoir d'autre trace de migraine sur son joli visage qu'un peu de pâleur et l'estompe bleue des paupières.

Toutefois, l'appétit lui faisait encore défaut, car elle prit simplement du thé, tandis qu'en bas, dans la salle à manger des jours ordinaires, Otto de Kiprianeff mangeait pensivement et sans y faire attention le délicat repas qui lui était offert, ce qui faisait murmurer à François, de retour à l'office :

— Pas gourmand pour deux sous, ce Monsieur secrétaire-là, et toujours l'air de songer à des quantités de choses, même en mangeant ce pâté de foie gras, le triomphe de Mélanie.

Puis il alla déjeuner, lui aussi, afin de se rendre ensuite à la gare pour y prendre la malle de M. de Kiprianeff, selon les ordres reçus.

Pendant ce temps, toujours solitaire et malgré la chaleur intense, Otto arpentait le parc en rêvant à deux beaux yeux verts qui lui avaient souri.

CHAPITRE VII

Vers 6 heures du soir, Simone allait tout à fait bien. Elle trouva séant de s'enquérir de son hôte auquel elle avait oublié de remettre les clés de la bibliothèque.

— Bah ! pensa-t-elle, il se rattrapera plus tard, il l'a dit lui-même ; il peut bien s'offrir une journée de congé.

Vainement elle le chercha au salon, au billard et dans le cabinet de travail ; n'osant monter au deuxième étage ni le faire demander par un domestique, de guerre lasse elle se mit à marcher paresseusement dans le parc pour respirer l'air.

L'orage ne grondait pas encore, mais ne devait pas tarder à éclater ; de grands nuages cuivrés couraient dans le ciel avec des ouates d'un gris menaçant ; le soleil devenait peu à peu invisible, et le vent, qui soufflait plus violemment à cette heure, avait une haleine de feu.

Toutefois, il se dégageait une véritable poésie de ces préliminaires de tempête, que toute âme impressionnable devait invinciblement sentir, et qui, tout de suite, empoigna celle de la jeune fille.

Au bord de l'étang moiré, seul lieu qui offrît en ce moment un semblant de fraîcheur, elle rencontra M. de Kiprianeff.

Assis sur un banc rustique, il se leva en la voyant venir, sans montrer ni timidité ni confusion.

Il paraissait moins un homme attaché à une besogne rétribuée dans la maison du docteur qu'un invité agissant à sa guise aux Moires.

La tête nue, un journal abandonné sur le gazon brûlé par la chaleur, il demeurait légèrement incliné, attendant que Mlle Hozeranne parlât.

— L'orage ne vous fatigue donc pas, Monsieur ? demanda-t-elle, souriante.

— Non, Mademoiselle ; à peine m'alourdit-il un peu le front, chose inévitable par ce temps. Mais vous-même, vous sentez-vous mieux ?

— Beaucoup mieux, Merci !

— Cela se voit. Maintenant, vous avez l'aspect d'une personne bien portante, le teint plus reposé.

Il disait cela simplement, comme on constate un fait, et bien loin de vouloir esquisser un compliment.

Simone le prit ainsi.

Plus elle considérait Kiprianeff, plus elle se sentait avec confiance attirée vers lui comme vers un ami de longue date.

Avait-elle donc rêvé d'un « type masculin » semblable dans l'intimité de son âme ?

Ou bien Kiprianeff était-il de ceux qui conquièrent les femmes d'un regard, d'un mot ?

Toujours est-il que, bien qu'il ne pût, en cette entrevue, parler que de choses banales, les sujets les plus insignifiants, traités par lui, devenaient importants à ses yeux.

Aussi fut-elle très étonnée en entendant au loin la cloche du dîner qui les rappelait à la maison.

— Déjà 7 heures ? s'écria Simone en se redressant, stupéfaite.

Puis, tendant à l'espace sa fine main blanche veinée de bleu, elle ajouta :

— Voyez, il tombe déjà quelques grosses gouttes. Sauvons-nous, la pluie va redoubler.

Et, légère, elle courut devant Kiprianeff, qui, en quelques enjambées, la rejoignit.

Dans le hall, François vint à elle :

— Madame et M. Robert ne sont pas encore rentrés, dit-il. Dois-je servir quand même ou attendre ?

Simone se retourna vers son hôte

— Vous mourez de faim, sans doute ? lui demanda-t-elle.

— Pas du tout, Mademoiselle.

— Alors, François, nous attendrons, conclut-elle.

Puis, s'adressant au secrétaire de son oncle, elle ajouta :

— En ce cas, nous dînerons un peu plus tard, et cela me va aussi. Ma tante et Robert ont tort de s'attarder, car l'orage les surprendra en route. Pourvu qu'il ne leur soit rien arrivé !

— Leur promenade présentait-elle quelque danger ? interrogea Otto.

— Mon Dieu, non : ils ont des chevaux paisibles, un cocher sûr, une route superbe. Mais leurs amis les auront retenus.

De la façon dont elle prononça ces mots, M. de Kiprianeff acquit la conviction que Mlle Hozeranne n'éprouvait, pour le fils du docteur, qu'une simple amitié de sœur.

— Nous avons le temps de monter dans nos chambres avant leur retour, reprit-elle. D'ailleurs, le second coup du dîner ne retentira pas avant un bon moment. Si vous ne tenez pas essentiellement à rester seul, Monsieur, nous nous retrouverons au salon dans un instant.

Il s'inclina en signe d'adhésion et monta chez lui pour y faire un peu de toilette.

Quand il redescendit, Simone était déjà au salon, où elle jouait un motif d'opéra sur l'excellent piano d'Erard.

— Etes-vous musicien, Monsieur ? demanda-t-elle au jeune homme.

—Oui, Mademoiselle, comme tous ceux de ma race, mais piètre exécutant, par exemple, n'ayant jamais assez de temps pour me livrer à cet art autant que je l'aurais désiré.

D'un mouvement prompt, elle se retourna sur le tabouret de piano et dit avec quelque émotion :

— Vous éprouverez certainement du plaisir à entendre mon cousin Robert qui joue du violon comme un ange.

— Certainement, répéta Otto, qui, à part lui, ajouta :

— Elle doit aimer ce Robert qui joue comme un ange.

Mais il n'en ressentait pas encore de chagrin.

Les yeux baissés, la tête un peu penchée en une attitude de douce pitié, de prière aussi, Mlle Hozeranne poursuivit :

— Je ne sais si mon oncle vous a prévenu... Ce pauvre Robert, si bien doué pour la musique, est disgracié de la nature, difforme enfin... Je vous le dis afin que vous ne soyez pas surpris.

Otto ne sut jamais pourquoi cette ouverture lui causa un plaisir infini.

Simplement, sans phrase ambiguë et flatteuse, il pria Mlle Hozeranne de continuer à jouer du piano, ce qu'elle fit aussitôt.

Il lui semblait que jamais elle n'avait obéi avec plus d'empressement, et que toute prière dans la bouche de cet homme équivaudrait pour elle à un ordre.

Elle se tut et il la complimenta sobrement, mais elle comprit qu'il lui trouvait du talent et se plaisait beaucoup à l'entendre.

Enfin, la voiture roula sur le sable de la terrasse. Mme Hozeranne et son fils en débarquèrent sous une averse diluvienne.

Ils coururent changer de vêtements si vite qu'ils n'eurent pas le temps d'apercevoir leur nouvel hôte.

Simone suivit sa tante et lui donna à lire la lettre du docteur après lui avoir fourni quelques explications pendant que l'excellente femme se rhabillait.

— Ainsi, tu as passé ta journée en tête-à-tête avec ce Monsieur que tu ne connais pas ? s'écria Mme Hozeranne, effarée.

— Non, tante, je me suis ingéniée pour faire durer ma migraine, qui m'a dispensée de déjeuner et de faire à M. de Kiprianeff les honneurs des Moires, répondit la jeune fille en souriant.

Sa tante fut aussitôt rassurée.

— Tu as eu du tact, tu as sauvé la situation ; mais cela ressemble bien à ton oncle, de nous envoyer *ex abrupto* ce jeune homme sans crier gare. Oh ! ces savants, lorsqu'ils ont une idée en tête !...

— Mon oncle ignorait sans doute que vous passeriez cette journée à Saint-Germain, fit doucement observer Simone.

— Est-il dans le genre du fameux Le Briac ?

— Qui cela, tante ?

— Mais... ton monsieur. Ce monsieur de... le nom baroque, enfin, le nouveau secrétaire.

— En aucune façon, répondit Simone, réprimant un petit sourire à l'idée de cette comparaison.

Elle n'ajouta rien, et, entendant Robert quitter sa chambre, elle courut le prévenir à son tour afin qu'il ne s'étonnât pas en trouvant un étranger au salon.

Il ne manifesta ni mécontentement ni plaisir.

— Ce pauvre papa, dit-il seulement, pourvu qu'il ait eu la main plus heureuse cette fois que l'autre !

— Je crois qu'il l'a eue, répliqua simplement Simone.

Le bossu attendit sa mère pour entrer au salon, afin que les deux présentations se fissent ensemble.

La surprise de Mme Hozeranne fut égale à celle de son fils à la vue du secrétaire qu'envoyait son mari.

— César est fou, pensa-t-elle ; ce jeune homme n'a pas la mine de quelqu'un que l'on paye.

— A quoi donc songe papa ? se dit rageusement le bossu en regardant M. de Kiprianeff avec envie et défiance ; nous donner ce beau garçon pour compagnon, pour commensal, quelle imprudence !

Et tout de suite son œil jaloux et attristé alla chercher Simone.

Sereine jusqu'à l'indifférence, Mlle Hozeranne tambourinait légèrement sur la vitre, de ses fins ongles rosés, sérieuse devant la pluie qui tombait toujours.

Mais Otto était de ceux qui conquièrent les cœurs des hommes comme ceux des femmes.

Le dîner n'était pas achevé que Mme Hozeranne le déclarait *in petto* l'être le plus charmant que la terre portât... après son mari, toutefois ; et Robert, ayant parlé de musique avec le Slave, très ferré aussi sur ce chapitre, lui pardonnait sa grâce et sa beauté en faveur de sa modestie et de son érudition.

La pluie ne cessant pas, on acheva la soirée au salon, mais la causerie ne dura pas bien longtemps, car on avait dîné tard et les voyageurs sentaient le besoin de repos.

Le lendemain, Otto de Kiprianeff, aussitôt le dîner achevé, se mit à l'ouvrage et compulsa les papiers du docteur.

Il ne reparut qu'à l'heure du lunch, but une tasse de thé à la hâte, fuma une cigarette en compagnie de Robert et remonta à la bibliothèque.

— Ce jeune homme ne fera pas traîner en longueur les travaux de ton père, dit Mme Hozeranne à son fils lorsque Kiprianeff eut disparu.

— Et il ne sera pas un hôte gênant, on ne le voit presque pas, ajouta Robert.

Seule, Simone ne dit rien.

Les jours passèrent ; M. Hozeranne revint.

Il serra la main de son secrétaire avec autant de chaleur qu'on en pouvait attendre de cet homme sec, et se montra on ne peut plus satisfait de la besogne accomplie.

Il travailla dès lors avec lui, mais d'abord exigea que, de midi à 2 heures, puis à partir de 5 heures du soir, Otto cessât tout labeur.

— Car il ne faut rien faire avec excès, disait-il ; la fatigue viendrait, le travail y perdrait, et puis, que diable ! la santé avant tout !

Otto ne fut point fâché de cet arrangement qui lui permettait de jouir de la campagne et surtout de la société des dames et de Robert.

Il avait tout à fait gagné l'amitié du bossu, d'abord en ne semblant jamais s'apercevoir que le pauvre garçon n'était pas comme les autres, ensuite parce qu'il se délectait à entendre sa musique vraiment empoignante.

Otto de Kiprianeff n'était pas l'homme du compliment brutal, de la flatterie exagérée ; il ne parlait jamais contre sa pensée, relevant les défauts qu'il trouvait dans l'exécution ou la composition d'un morceau, mais il admirait en toute franchise ce qui lui paraissait supérieur dans l'une et l'autre.

Aussi l'enthousiasme, chez cet homme si maître de lui, était le plus grand des éloges pour qui arrivait à le faire naître en lui.

En s'attirant l'amitié du fils, il gagna du même coup l'affection de la mère et vit augmenter celle du père, déjà ravi de son secrétaire.

— C'est surprenant comme ce Kiprianeff paraît doué ! confiait parfois Hozeranne à ses amis ; il comprend vite et bien, exprime clairement son idée, connaît le latin et le grec mieux que moi, et, chose encore plus extraordinaire, se montre toujours disposé à travailler.

Un jour, il s'avisa que Simone était pâle et ne mangeait pas. Doucement, Otto le lui avait fait remarquer.

— Elle n'aime pas la campagne et s'y ennuie, répondit brusquement le médecin. Les jeunes filles, en général, n'ont que Paris et chiffons en tête.

Le secrétaire répliqua que Mlle Hozeranne ne semblait pas le moins du monde une personne avide de plaisirs.

— Alors, qu'elle s'occupe ! je ne l'en empêche pas, gronda Hozeranne ; elle a déjà la musique, la broderie... Et puis, à dix-sept ans on n'est pas encore savante ; on étudie encore, que diable ! Vous, Kiprianeff, qui connaissez tout, indiquez-lui quelques livres instructifs.

— Volontiers, Monsieur, répondit Otto.

La jeune fille accepta, non sans empressement, de se laisser guider par lui dans le choix de ses lectures.

Elle n'osait toucher à la bibliothèque avant cela, sachant que son oncle y mélangeait indifféremment de très mauvais ouvrages aux volumes sains, et ne se fiant ni à la compétence limitée de sa tante ni à l'esprit un peu trop large de Robert.

Elle sentait qu'Otto de Kiprianeff la conseillerait mieux que tous.

Un jour, elle dit :

— J'aimerais à me perfectionner dans l'étude de l'anglais, de l'allemand et de l'italien ; au couvent, les langues sont si souvent négligées !

Timidement, Otto intervint.

— Je suis assez ferré là-dessus, dit-il ; nous autres Slaves, vu la difficulté même de notre idiome, nous trouvons aisés tous les autres. Vous plairait-il, Mademoiselle, que je sois votre professeur de langues, si le docteur y consent ?

— Oui certes ; et vous m'apprendrez aussi le russe ?

— Volontiers, mais c'est difficile.

Elle eut un mouvement de joie qui inonda de douceur l'âme d'Otto.

— Je demanderai à mon oncle s'il m'y autorise.

Nous savons que le Dr Hozeranne n'aimait pas sa nièce mais qu'il ne la contraignait en rien, d'abord par indifférence, ensuite parce qu'il prêchait avant tout la liberté absolue dans l'éducation de la jeunesse.

— Mais oui, apprenez le sanscrit si cela vous plaît, grogna-t-il, lorsque, un peu craintive, elle lui eut présenté sa requête. Ne prenez cependant pas trop le temps de mon secrétaire ; ce pauvre garçon, on finirait par le mettre sur les dents.

Il ajouta, sous sa moustache grise, après que sa nièce se fut éloignée joyeuse :

— Je ne lui donne pas trois jours pour envoyer promener les études et le professeur. Toutes les femmes s'engouent et se lassent ainsi des choses.

Cela établi, Simone et son nouveau maître ne chômèrent pas ; les leçons marchèrent rapidement, les progrès de même, car l'élève était douée d'une mémoire qui ne le cédait qu'à la bonne volonté, et le professeur enseignait bien.

Les pronostics du docteur ne se réalisaient donc pas vite, car Mlle Hozeranne et M. de Kiprianeff goûtaient chaque jour davantage le charme de ces entretiens qui ne restaient pas toujours enfermés dans l'étroite sphère de l'étude des langues.

On finissait par s'égarer en de longues causeries philosophiques que suivirent plus d'une fois les confidences.

Simone ne savait rien encore du passé de son nouveau maître. — Un maître !... plutôt un ami.

Ce passé, du reste, n'offrait rien d'orageux ni de ténébreux, et Otto le révéla en quelques phrases à son élève.

Ayant perdu ses parents vers la vingtième année, devenu ainsi possesseur d'une belle fortune, il avait voyagé, par goût et pour distraire son chagrin.

Quoique riche, il ne voulait être ni un oisif ni un inutile ; il complétait donc son instruction en parcourant de nouveaux pays.

Mais, ayant eu le tort de demeurer absent trop longtemps, il trouva, à son retour, son bien dilapidé par d'indignes filous auxquels il avait donné sa confiance.

Dès lors, il se vit dans la nécessité de gagner sa vie.

Comme, d'une part, il se sentait du penchant pour la médecine ; comme, d'autre part, il espérait se créer un avenir dans son pays au moyen de cette science, il était venu l'étudier à Paris.

Ayant appris que le Dr Hozeranne cherchait un secrétaire, il s'était offert à lui pendant les mois de vacances.

A présent, il trouvait de l'agrément à travailler de manière utile avec un savant qui, d'ailleurs, ne pouvait que lui donner de bons conseils ; en même temps il respirait l'air de la campagne dont il avait besoin après une année d'existence parisienne.

Simone eut envie de lui demander si c'était la perte de ses parents qui le rendait toujours si grave, mais elle n'osa.

En effet, cet homme si jeune encore et qui ne rencontrait autour de lui que des sympathies ne riait jamais.

On le voyait quelquefois sourire, rarement plaisanter, et l'on n'avait point encore entendu résonner son rire.

Ce devait être chez lui par penchant naturel plutôt que par mélancolie, car il aimait chez les autres la gaieté fine et de bon aloi.

D'un autre côté, l'expression habituelle de son visage était sérieuse, parfois même sombre.

Certainement ce superbe garçon n'avait pu traverser dix années de jeunesse sans courir quelques aventures ; mais il s'en était tenu à celles qui ne déshonorent pas un homme, et n'en gardait aucun souvenir qui lui donnât du remords ou même simplement du regret.

Simone aussi conta son passé.

Orpheline de bonne heure, la pauvre enfant s'était vu mettre en pension pour n'en presque pas sortir jusqu'à sa dix-septième année. Quoi de plus limpide qu'une pareille vie ?

Cependant — et son nouvel ami le sentit, — une lacune y subsistait, un vide qu'elle ne savait exprimer et qui semblait lui peser.

— Bah ! pensa-t-il avec une certaine amertume, belle, riche, fêtée par le monde, si elle sait choisir sa voie, elle n'en pourra pas moins connaître le bonheur qu'elle ignore encore et dont elle semble douter.

CHAPITRE VIII

Deux mois après l'arrivée de M. de Kiprianeff aux Moires, on eût beaucoup étonné Mlle Hozeranne si on lui avait annoncé que son cœur ne lui appartenait plus.

Elle se rendait très vaguement compte que son jeune maître embellissait singulièrement pour elle ces jours d'été à la campagne, que sa présence lui était précieuse, que le moindre éloge tombé de ses lèvres la ravissait ; qu'elle était triste en son absence, heureuse avec lui ; mais elle n'en cherchait pas la véritable raison.

Par contre, on n'eût pas surpris Kiprianeff en lui disant qu'il était profondément épris de son élève, car il savait un peu mieux lire dans son propre cœur.

Aussi se demandait-il avec terreur ce qu'il adviendrait de sa vie, lorsque, sa mission terminée, il devrait quitter les Moires pour toujours.

Cette pensée l'assombrissait singulièrement parfois, si bien que Simone, s'en apercevant, avait eu souvent envie de l'interroger sur ses mélancolies soudaines. Mais elle n'osait.

A voir l'intimité des deux jeunes gens, rendue naturelle et même nécessaire, tant par l'existence familiale de chaque jour que par les causeries graves ou enjouées, les études partagées, Robert prit ombrage de ces leçons point du tout souvent négligées, comme l'avait prédit le docteur.

— Allons donc ! vas-tu pas trouver « shocking » que Mademoiselle ta cousine ait pour professeur un homme parfaitement recommandable sous tous les rapports, Monsieur le moraliste ? ricanait Hozeranne en levant les épaules. A mon avis, rien ne vaut l'instruction donnée par un esprit mâle, pondéré et froid comme celui de Kiprianeff ; si j'avais eu des filles, je les aurais confiées à un précepteur et jamais à une institutrice.

Mais à l'évocation de ce qui aurait pu être *si j'avais eu des filles*, le docteur se rembrunit soudain et se tut.

— Pas quand l'instituteur est tourné comme Otto de Kiprianeff et l'élève comme ma cousine, murmura le bossu, qui n'abandonnait pas son idée.

— Robert a un peu raison, osa émettre la mère, de sa voix timide ; ces jeunes gens sont un peu trop livrés à eux-mêmes et leurs leçons se prolongent singulièrement.

— Ils y prennent donc goût l'un comme l'autre, ajouta l'infirme.

Sa femme ayant donné son avis, le docteur éclata.

— Voilà bien des histoires pour peu de chose ! s'écria-t-il. Qu'on me laisse la paix avec Simone et avec mon secrétaire ! Que si vous craignez qu'ils ne se fassent les yeux doux en parlant grammaire, histoire, assistez aux leçons, que diable ! Je ne vous en empêche pas.

— Moi, confessa humblement Mme Hozeranne, j'ai bien essayé d'apporter mon ouvrage pendant ce temps en m'asseyant auprès d'eux, mais il faisait chaud ; ce que disait M. de Kiprianeff pouvait être fort intéressant, mais c'était dans une langue que je ne comprends pas, et je me suis assoupie.

— Moi de même, fit Robert avec quelque amertume ; je ne sais que l'allemand et l'italien et ils ne parlaient pas seulement dans cette langue. Je ne me suis pas assoupi, non, mais j'ai quitté la salle pour aller jouer du violon.

Hozeranne daigna sourire.

— Parbleu ! dit-il, pour toi, petit, il n'y a que la musique au monde.

— Et Simone aussi, soupira tout bas le bossu.

— Donc, ne me rebattez pas davantage les oreilles de ces billevesées-là. D'ailleurs, mon secrétaire est trop galant homme pour faire entendre à ma pupille ce qu'elle ne doit pas entendre, et Simone trop fière pour se laisser manquer de respect.

— Oui, fit Robert, Simone a trop de valeur morale et Kiprianeff me semble trop délicat pour jouer au flirt. Mais pourtant, ajouta-t-il, exaspéré, en serrant les poings, s'ils allaient vraiment s'aimer ?

— Oui, si cela arrivait !... répéta la mère effrayée, non pour sa nièce, mais parce que son fils adoré pourrait souffrir.

Le docteur secoua les épaules.

— Rassure-toi, petit, poursuivit-il ; Kiprianeff ne *peut* pas épouser ta cousine.

— Pourquoi ? demanda le bossu, hésitant entre la joie et l'incrédulité.

— Parce que... répliqua le père, d'un ton bourru qu'il ne prenait pas d'habitude avec son fils.

— Et... et moi ?... pourrai-je l'épouser ?...

Il tremblait en posant cette question, le pauvre enfant qui, dans son corps débile et si jeune encore, cachait une âme et une passion d'homme.

— Toi, si tu le pourras ?... Oui... Non... c'est-à-dire, l'obstacle ne serait plus le même pour toi, fit Hozeranne d'une voix singulière. Seulement... avoir pour bru la fille de... Oh ! mon fils, épargne-moi cela ! Je ne te donnerai Simone pour épouse que si tu l'aimais à en mourir. Mais j'espère que cette folie te passera, mon ami ; en tout cas, ne t'effraye pas de voir le plaisir qu'ont à étudier ensemble ta cousine et mon secrétaire ; ce sont deux êtres un peu bizarres, épris d'idéal et de science... pour le moment. D'ailleurs, Otto, qui a trente ans, ne peut s'éprendre d'une petite fille de dix-sept ans. Allons, bonsoir ! Joue du violon et ne sois pas jaloux, mon garçon.

Il s'éloigna, laissant Robert peu convaincu et la mère perplexe.

— Simone est loin d'être une petite fille, malgré son âge, dit enfin le bossu après un instant de silence, et je suis persuadé, quoi qu'en dise papa, qu'elle ne trouve aucun homme supérieur à M. de Kiprianeff.

— Qu'importe, s'ils ne peuvent s'épouser ! répondit imprudemment Mme Hozeranne.

— A propos, mère, qu'est-ce que cette histoire ? Quel obstacle se dresse donc entre eux, obstacle qui n'existerait plus s'il s'agissait de moi ?

La pauvre femme rougit et balbutia :

— Je ne sais trop... Sans doute la différence d'âge.

Le bossu secoua la tête.

— Ce n'est pas cela. Vous ne voulez pas me le dire, mais je le saurai.

— Non, ne demande rien ! s'écria la mère effarée.

Robert la considéra un instant en dessous, attentivement, convaincu qu'elle ne livrerait pas le secret de son mari.

Car le docteur avait un secret concernant Simone, Robert en était sûr ; autrement, pourquoi l'eût-il détestée ? Pourquoi pâlissait-il à certaines questions qu'elle lui posait ?

Pourquoi enfin, malgré cela, consentait-il à la garder sous son toit ?

Il observa davantage le secrétaire et la jeune fille, ne vit rien de changé dans leur attitude, et, comme il ne demandait qu'à espérer, il se dit qu'il s'était alarmé à tort, et qu'il était fort naturel, comme l'affirmait M. Hozeranne, que deux jeunes gens épris d'étude se plussent à travailler ensemble.

— Et puis, conclut le bossu dans un soupir de soulagement, Simone paraît si froide ! Je crois que son cœur ne vibrera pas de bonne heure.

En quoi il se trompait de beaucoup, le pauvre Robert, car déjà ce petit cœur de jeune fille battait éperdûment pour un Slave aux yeux gris, qui n'avait pas le défaut d'inconstance particulier à ceux de sa race.

Toutefois, sentant le besoin de rassurer tout à fait son fils, ou peut-être de rompre une intimité qu'elle trouvait dangereuse entre Kiprianeff et Simone, Mme Hozeranne eut la bonne inspiration de rappeler aux Moires les jeunes Brézure, qui achevaient une villégiature moins amusante chez leur vieille parente.

Le docteur accueillit la proposition avec indifférence. Robert, lui, s'en réjouit franchement, car il pensait que la présence de Renée apporterait d'heureux changements.

Obligée de donner à son amie la plus grande partie de ses journées, Simone cesserait sans doute études et leçons. D'autre part, la gentille folle accaparerait probablement l'attention de Kiprianeff.

Et qui pouvait dire si l'étranger, ondoyant comme ses compatriotes, ne se plairait pas davantage avec la spirituelle et gaie Renée qu'avec la trop sérieuse Simone ?

Justement cette même idée tourmentait Mlle Hozeranne elle-même, si bien que, au lieu de se réjouir d'avoir bientôt son amie à elle pour une partie de l'été, elle redoutait maintenant son retour.

Oui, savait-on si Otto de Kiprianeff n'aimerait pas la fine originale qu'était Renée sous ses airs évaporés ? Et si Renée elle-même ne donnerait pas son cœur naïf et si facile à conquérir à ce charmeur plus vite encore qu'elle ne l'avait donné à plusieurs autres déjà ?

Simone en prenait une telle inquiétude, que son maître, en la voyant distraite un jour, lui demanda doucement :

— Est-ce que la prochaine arrivée de vos amis vous contrarie ? Vous avez paru soucieuse quand on l'a annoncée.

Une flamme rose à la joue et les yeux baissés, Simone répondit :

— J'aime beaucoup Renée ; je trouve Gonzague très amusant aussi, mais je me sentais à peu près heureuse sans eux. Avec eux, notre bonne quiétude sera rompue.

— Et il nous restait si peu de jours à...

Il allait dire :

— A être ensemble et à jouir l'un de l'autre... Mais il se reprit.

— A travailler ensemble ! soupira-t-il.

Mon Dieu ! lui aussi avait peur ; peur de voir rompre une intimité qu'il chérissait d'autant plus qu'elle allait finir pour longtemps, pour toujours, peut-être.

— Quand elle s'en va, il me semble qu'elle emporte la lumière avec elle, pensait-il. Dans quel tombeau vivrai-je alors, moi, pauvre isolé, lorsque je serai loin d'elle ?

Et il s'emplissait avidement les yeux de son image, de sa grâce et de sa beauté ; il admirait ce clair regard qu'elle posait sur lui en l'écoutant, qui laissait deviner une âme si parfaitement honnête que n'avait jamais effleurée l'ombre du mensonge ou d'une pensée mauvaise.

Il s'emplissait les oreilles du son de sa voix, pour lui musique troublante, du frôlement de son pas léger sur le sol, du bruissement soyeux de ses vêtements.

Gonzague et Renée reparurent.

Tous les deux regardèrent avec des yeux naïvement surpris cet étranger si séduisant, que, pendant trois mois, on donnait comme chaperon pour ainsi dire, ou plutôt comme « institutrice » à Mlle Hozeranne.

— Ah ! bien, ma tante a une fière confiance en sa nièce, et mon oncle en son secrétaire, pensa le jeune Brézure. Ils ont raison, sans doute, mais ils jouent avec le feu, car enfin Simone est délicieuse et ce beau Slave a des yeux qui ont dû tourner bien des petites têtes.

Renée eut probablement la même opinion, mais elle ne dit rien, se contentant d'observer son amie.

— Bon ! murmura-t-elle dans son for intérieur, je suis fixée maintenant.

D'abord, Simone n'a pas paru joyeuse comme d'habitude en me revoyant. C'est très significatif. Oh ! non qu'elle craigne la comparaison, la rivalité avec moi ! A côté d'elle, une rose blanche, j'ai l'air d'un petit chardon ; mais cela prouve qu'elle était heureuse auparavant, ne désirant rien, dans la douce intimité de chaque jour avec ce beau Russe... Russe ou Polonais... ou Autrichien, je ne sais plus, mais aux trois quarts Français, en tous cas. Et voilà que j'arrive me jeter à travers sa quiétude... Ce n'est pas ma faute, mais celle de ma tante Hozeranne qui nous invite de nouveau. Et nous qui acceptons, là, d'emblée !... Deux fois en un seul été ; voilà qui compense les refus des années passées. Pour en revenir à Simone, elle ne paraît plus la même. Plus la même... c'est-à-dire... je la retrouve aussi belle... plus encore, certes ! Aussi bonne, toujours souverainement distinguée, mais, sur sa figure, éclate comme une paix, un recueillement, un bonheur de vivre — et, qui sait, peut-être aussi un bonheur d'aimer et de se sentir aimée. Pauvre fille ! c'est bien temps ! elle a été si peu gâtée jusqu'ici, en fait d'affections. Certes, ils semblent créés l'un pour l'autre ; rarement on aura vu couple mieux assorti. Mais la pauvrette est-elle au bout de ses peines ? Son tuteur, qui n'est pas pour elle la tendresse incarnée, consentira-t-il à cette union ? J'ai peur que ça n'aille pas tout droit avec le cher oncle qui, s'il aime sa nièce, ce dont je ne suis pas sûre, sait mal l'aimer. Quant à moi, qui aurais eu facilement la tête tournée par ce M. de Kiprianeff, je ne veux plus le regarder ni faire de l'esprit devant lui. A peine l'admirerai-je. Car il doit m'être sacré puisque le voilà devenu l'élu de mon amie la plus chère. D'ailleurs, ce serait en pure perte que je tenterais d'attirer ses regards : il n'a d'yeux que pour Simone et il a bien raison.

Sur ce, Renée eut un soupir gros de regrets inexprimés, et elle parut, comme d'ordinaire, souriante et gentille, s'ingéniant souvent pour amuser les Hozeranne afin de ménager aux deux jeunes gens de lentes promenades et d'intimes tête-à-tête dans les sentiers ombreux du parc.

Elle restait aussi tendre que par le passé pour Simone qui, pourtant, et sans s'en rendre compte, l'était moins pour elle.

Elle ne cherchait pas à provoquer ses confidences, attendant patiemment que l'heure vînt où elle sentirait le besoin de s'épancher avec son amie.

Quant à Gonzague, il continuait à se montrer un spirituel bon garçon. Chose bizarre, vu le peu d'affinité de leurs natures, il se sentit entraîné par une sérieuse sympathie vers l'étranger si grave qui souriait doucement de ses boutades. Seulement, lui non plus ne reçut pas de confidences et respecta le secret qu'il avait pénétré.

La Sainte-Simone amena aux Moires quelques réjouissances.

Mme Hozeranne mit un bijou sous la serviette de sa nièce ; Robert offrit à sa cousine un splendide bouquet d'orchidées ; Gonzague Brézure adressa un sonnet gentiment troussé à l'amie de sa sœur, et Renée lui fit présent d'un mouchoir admirablement brodé de ses petites mains adroites.

Mais ce que Simone préféra parmi tous ces souvenirs fut, sans contredit, l'humble don du secrétaire : une fraîche bottée de fleurs des champs choisies et cueillies par lui-même.

Elle ne le lui dit pas, mais il devina au regard ému qu'elle attacha sur le bouquet tout blanc, délicatement parfumé, qui contrastait avec les orchidées trop belles, trop étranges, semées çà et là de capiteuses et fatigantes tubéreuses.

— Je voudrais que mes vœux attirassent beaucoup de bonheur sur votre chère tête ! osa-t-il lui dire.

Elle fut sur le point de s'écrier :

— Le bonheur ! ne l'ai-je pas depuis que je vous connais ?

Mais elle se contenta de lui tendre, en manière de remerciement, sa petite main qu'il baisa à la russe et avec une singulière ardeur.

CHAPITRE IX

— Un bal ! Quelle chance ! s'écria Renée avec sa pétulance habituelle.

— Un bal ? Encore ? Quel ennui ! murmura Simone, dont les lèvres roses s'allongèrent en une jolie moue.

— Tu n'aimes déjà plus le monde, toi, la reine de toutes les fêtes ! s'écria Mlle Brézure en levant les bras au ciel dans un geste comiquement tragique. A ta place, moi j'en serais folle.

— Oh ! une royauté partagée avec bien d'autres, répliqua en riant Mlle Hozeranne, et tu oublies que je ne sais ni flirter ni causer selon le goût des jeunes gens d'aujourd'hui.

— Tu fais bien mieux : tu les attires tous par ta superbe indifférence.

— Vraiment, continua Simone, on me mène de trop bonne heure dans le monde. A vingt-deux ans je serai obligée de faire tapisserie : on m'aura trop vue.

Les deux amies rirent ensemble sur ces mots, puis combinèrent leur toilette.

Renée se voulait en rose ; Simone, qui se préférait d'habitude en blanc, se décida cette fois pour un costume vert mousse très pâle semé d'ivoire, qui devait s'harmoniser on ne peut mieux avec son teint délicat.

— M. de Kiprianeff est aussi invité, paraît-il, dit tout à coup négligemment Renée.

— Ah ! fit simplement Simone, qui le savait déjà par l'intéressé lui-même.

— Et Robert, va-t-il au bal ?

— Robert va toujours — et il a raison — là où peut briller son talent. Or, chez les Méraude il y a généralement un intermède pendant lequel on entend de bons musiciens. Robert s'y fera donc applaudir, sûrement. Non qu'il soit orgueilleux le moins du monde, mais cela cause tant de joie à sa mère !

— Et puis aussi devant ce qu'il aime il tient à paraître sans doute avec le plus d'éclat possible, racheter pour ainsi dire le défaut physique qui l'humilie, n'est-ce pas, chérie ?

Simone détourna la tête avec ennui, sans répondre.

Depuis quelques jours elle trouvait bizarre, presque arrogante avec le secrétaire de son oncle, l'attitude de son cousin.

Elle en avait découvert le motif et lui en voulait de sa jalousie, sans se douter de ce qu'il souffrait.

Pouvait-il se comparer à Otto de Kiprianeff ? Se croyait-il donc son égal — non certes par la grâce du corps ou par la naissance, ou même par le savoir, mais parce qu'il était le fils du savant Hozeranne et qu'il jouait admirablement du violon ?

Etait-ce une raison parce que l'étranger remplissait dans la maison un rôle subalterne pour que Robert le traitât avec hauteur ou daignât à peine lui adresser la parole, lui qui, naguère, semblait heureux de causer avec cet esprit éclairé et délicat ?

Heureusement qu'Otto planait dans des sphères trop élevées pour s'apercevoir de ce changement.

A présent, peut-être s'en serait-il médiocrement affecté.

Le bal eut lieu, et, sauf le docteur absent à ce moment, toute la famille Hozeranne, y compris le secrétaire et les jeunes Brézure, s'y rendit.

Renée parut fort gentille dans sa toilette rose. Simone avait soigné, pour la première fois de sa vie, sa coiffure et sa mise, prise de la volonté d'être belle afin de plaire à Kiprianeff ; elle semblait ainsi d'une beauté presque immatérielle.

A la voir ainsi triomphante, le jeune homme se sentit l'âme troublée infiniment ; il se jura de tout faire pour devenir l'époux de cette créature de grâce et de charmes sans pareils.

Elle était riche, oui, mais il pouvait le devenir, et il se savait presque sûrement le futur héritier d'un oncle célibataire demeuré à Varsovie.

Plusieurs fois Otto et Simone dansèrent ensemble. On les regardait beaucoup, car ils formaient le couple le plus séduisant que l'on pût voir.

Comme Mlle Hozeranne était recherchée et sollicitée par tous les cavaliers, on ne trouvait pas étonnant que M. de Kiprianeff se fît le sien à diverses reprises.

Toutefois, parmi les jeunes filles, le succès de Simone faisait bien des envieuses.

Quoiqu'on fût en automne, la soirée était chaude, lourde, énervante. Fatiguée de mouvement, la pupille du docteur sortit un instant sur la terrasse qu'abritait un large balcon à l'étage supérieur et où personne n'avait encore eu l'idée de venir se reposer.

Otto, qui ne la quittait pas des yeux, la vit bien sortir, mais il n'osa la suivre, par crainte des propos méchants.

— Ah ! murmura-t-elle dans un soupir de soulagement, que l'on est bien ici ! On respire enfin !

Et, jetant sur ses épaules une mantille de dentelle blanche, elle s'assit pour jouir d'un moment de détente.

Pénétrée par la poésie de la nuit, elle restait ainsi songeuse ; un furtif rayon de lune la baignait de sa lueur pâle, idéalisant sa royale beauté.

Du balcon placé au-dessus d'elle, des voix féminines tombèrent.

Elle n'écoutait pas, perdue dans son rêve, indifférente aux propos, mondains sans doute, qui s'échangeaient là-haut.

C'étaient trois amies qui causaient, également jalouses de celle à qui, jusqu'à présent, étaient allés tous les succès.

— Si jolie et si riche qu'elle soit, disait l'une, elle ne se mariera pas aisément.

— D'abord, la trouvez-vous si jolie que ça ? fit une autre. A mon avis, elle manque d'éclat, elle est si souvent pâle !

— Possible, mais les yeux verts sont rares, et les siens ont véritablement un éclat magnifique sous les cils noirs, observa la troisième.

— N'empêche que cette Simone si dédaigneuse sait bien jouer son rôle : avec son charme... inquiétant, pour ainsi dire, elle attire tous les hommes à elle ; et qui de nous peut lutter avec cette sirène énigmatique ?

Son nom prononcé ainsi frappa l'oreille et l'esprit de Simone. Machinalement elle écouta.

La conversation continuait.

— Enigmatique, vous dites bien, ma chère, et c'est un malheur pour elle. Je l'aimerais mieux exubérante comme nous, par exemple, voire même un brin gamine comme son amie Renée Brézure.

— Pourquoi ?

— Dame ! En restant toujours si grave, même triste, chose peu naturelle à son âge, elle force trop ceux qui ont connu son père à penser qu'elle peut lui ressembler ; et voilà ce qui éloignera toujours d'elle les prétendants sérieux.

— C'est vous qui êtes énigmatique, à présent, ma chère. Pourquoi donc Simone Hozeranne ne peut-elle se marier à son gré, tout comme nous ?

— Tout comme nous ! Ah ! de grâce, ne comparez pas. Heureusement qu'aucune de nous n'est dans les mêmes conditions que cette pauvre fille.

— Pauvre ! répliqua-t-on dans un petit rire envieux. Simone Hozeranne a quelque chose comme 750 000 francs de dot. Presque dix fois plus que nous.

Or, pour peu que le triste rejeton du docteur ne se marie pas, elle fera un gros héritage ajouté à sa fortune actuelle. Ce sont là de jolis deniers.

Simone, en les écoutant, pâlissait affreusement, et dans son mince visage soudain pâli, les yeux assombris étincelaient.

Un moment elle s'était demandé avec angoisse si elle resterait, mais elle s'était aussitôt ravisée.

Et pourquoi le hasard ne lui apprendrait-il pas ce qu'on lui cachait certainement dans la maison de son tuteur ?

Elle voulait, à présent, connaître la révélation qui allait sortir de ces bouches médisantes ou peut-être calomniatrices.

Et elle tendit l'oreille plus encore. Au-dessus de sa tête, on poursuivait :

— Si riche, si belle que soit Mlle Hozeranne, je le répète, je n'envie pas son sort, car nul n'ignore que la folie est héréditaire.

— La folie ? se récria l'une des jeunes filles.

— Voyons, Jeanne, d'où sortez-vous ? Tout le monde ou à peu près sait que Jacques Hozeranne, le frère... non, le demi-frère seulement, au fait... du docteur César, son aîné — ils ne sont pas du même lit, — est interné dans une maison de santé.

— Vous dites : *est*. Simone ne serait donc pas orpheline ?

— Vous m'en demandez trop. Je ne crois pas que Jacques Hozeranne, l'ex-officier de marine, le demi-frère du docteur, soit décédé. Ou s'il l'était, cela se serait fait sans bruit, comme toujours en de pareilles circonstances.

— Mais sa fille ne doit pas l'ignorer, elle ?

— Révèle-t-on ces choses-là à une jeune fille ? Ce serait de la cruauté. Non, Simone se figure être orpheline depuis longtemps.

— Et vous, comment êtes-vous si bien informée ? Ne vous trompez-vous pas ?

— Informée ? Puis-je l'être mieux ? Jadis, maman était très liée avec la famille Hozeranne ; je crois qu'elle a même failli épouser le marin.

— Le fou ? Ah ! ma chère, qu'elle l'a échappée belle !

— Le fou... le fou... heu ! heu ! répliqua la jeune fille bien renseignée, après un silence significatif. Ce pauvre Jacques Hozeranne était-il bien réellement privé de sa raison, lorsque son frère le fit enfermer ?

— Son frère ?

— Oui, le docteur. Il y a eu, un certain moment, un drame de famille chez les Hozeranne, drame dont personne n'a bien su...

Ici, les trois bavardes furent interrompues par un appel.

— Papa nous cherche, dit l'une d'elles. Assez causé. Le concert va commencer, je pense, et d'ailleurs il fait frais sur ce balcon.

Comme une volée d'oiselles, dans leurs robes neigeuses elles s'éloignèrent, ignorantes du mal qu'elles venaient de faire par d'imprudentes paroles.

Ces paroles, Simone les avait toutes recueillies, sans souci de se rendre indiscrète.

N'était-ce pas aux discoureuses à s'inquiéter de l'auditoire inattendu qu'elles pouvaient avoir ?

Et maintenant, blanche d'indignation et de honte, elle demeurait là, son corps frêle secoué de sanglots sans larmes, et elle murmurait tout bas :

— Elles sont parties... Enfin elles ne m'apprendront plus rien !... Cela fait trop de mal.

Puis, cette lueur lui venait au cerveau :

— Si c'était un mensonge ?

Mais non. Est-ce qu'on invente des choses aussi graves ? Celle qui parlait semblait si sûre ! Et sa mère, qui avait failli épouser Jacques Hozeranne !...

— Jacques Hozeranne, son père !

Alors, comment donc ne lui avait-on rien appris, à elle ? Pourquoi l'avait-on entourée de mystère et d'ignorance ?

Afin d'éviter qu'elle ne souffrît, sans doute ? qu'elle ne tremblât, plus tard, pour sa propre raison...

Mais si son oncle lui-même avait provoqué l'internement de Jacques Hozeranne, c'est qu'il l'avait jugé nécessaire.

Lui, le grand médecin, le savant presque infaillible, pouvait-il se tromper ?

Il avait dû en souffrir profondément, et c'était pour ce motif, bien sûr, que son regard sombre trahissait si souvent du trouble : pour cela qu'il se sentait comme gêné en présence de sa nièce et fermait l'oreille à ses questions quand elle tentait d'obtenir quelques détails sur le père qu'elle avait aimé et cru mort depuis longtemps !

Peut-être n'était-il plus, en effet, aujourd'hui. Mais alors, pourquoi ne l'avoir pas appris à la fille aimante qui eût pris le deuil et surtout prié pour le cher défunt ?

Prié ? Mais son oncle, cet être sans foi et sans cœur, se figurant que tout finit avec le dernier souffle, se moquait bien des prières et même des regrets.

Simone oubliait tout à fait qu'elle était au bal. Elle n'entendait plus la musique appelant les danseurs. Elle ne savait qu'une chose : c'est qu'elle était la fille d'un fou et qu'elle n'avait pas le droit d'aimer et de donner le jour à de petits êtres faits de sa chair et de son sang.

Pas le droit d'aimer...

Et Otto de Kiprianeff, alors ?

Oh ! comme, en ce moment d'effondrement terrible, elle eût voulu se réfugier sur sa poitrine ! Comme ses angoisses lui auraient paru allégées, ses larmes moins amères !

Car maintenant elle comprenait combien elle le chérissait, d'un amour vrai, intense, qui l'étreignait tout entière et qui l'avait rendue si heureuse ces temps passés !

Désormais, pour elle, il n'y aurait plus que deuil et misère du cœur.

Une voix chaude, contenue à dessein, prononça près d'elle :

— Mademoiselle Simone !

Un frisson glissa sur ses épaules. Elle devinait qui était près d'elle.

En effet, inquiet de son absence prolongée, craignant qu'il ne lui fût arrivé quelque accident ou qu'elle ne prît froid, Otto s'était hasardé à la chercher.

L'ayant aperçue, horriblement pâle sous la clarté lunaire, et l'ayant entendue sangloter, pris de peur, il avait appelé doucement.

— Mademoiselle Simone !

Elle tressaillit, fit un effort pour aller à lui, mais, trop faible et les jambes molles, elle retomba impuissante sur son siège.

Il s'élança :

— Qu'avez-vous ? que vous a-t-on fait ?

Lui, toujours si maître de soi, ne se possédait plus ; une grande angoisse le bouleversait.

Comme elle ne répondait ni ne remuait, son visage gardant une blancheur de marbre, il s'oublia :

— Simone !... fit-il.

Elle ne remarqua point l'étrangeté de cette appellation.

— Vous vous sentez malade, n'est-ce pas ? reprit-il ; je vais chercher votre tante.

Elle se raidit alors, et sa main froide se crispa sur la manche d'Otto.

— Non, n'appelez pas, prononça-t-elle effarée. Des étourdies, au-dessus de moi, ont parlé de choses que j'ignorais et qui me touchent de près, puisqu'il s'agit de mon père. Un malaise m'a saisie... Mais n'appelez pas, il ne faut pas que l'on sache... Et vous, ne me quittez pas !

Jamais plus douce prière n'avait caressé l'oreille et le cœur de Kiprianeff.

— Ne craignez pas que je vous abandonne, répondit-il. Jamais mon... dévouement ne vous fera défaut.

— Hélas ! pensa le pauvre enfant ; que dira-t-il, lui aussi, quand il saura tout ?

Un peu inquiet, il reprit :

— Votre cousin se tourmente certainement à votre sujet ; je l'ai vu qui vous cherchait dans les salons ; si l'on n'était venu l'appeler pour s'occuper du concert, il vous aurait déjà trouvée, sans doute. Il ne serait pas bon qu'il vous vît dans cet état si vous voulez le lui cacher.

Elle eut un geste d'épuisement.

— Je n'ai pas le courage de reparaître dans cette foule. Si je pouvais retourner à la maison !...

— Alors il faut que Mme Hozeranne soit prévenue. Je vais parler à Mlle Brézure, vous rentrerez ensuite.

Dans un suprême effort elle le suivit de loin comme il regagnait le salon principal où les danses avaient cessé, où les invités s'installaient pour écouter une éminente cantatrice d'abord, le violoniste amateur ensuite : Robert Hozeranne.

Kiprianeff saisit au vol Mlle Brézure qui cherchait une bonne place.

— Mlle Simone s'est trouvée tout à coup souffrante, lui dit-il, elle voudrait rentrer ; vous plairait-il d'avertir Mme Hozeranne ?

Renée demeura interloquée.

— Simone malade ? Qu'y a-t-il eu ? Tout à l'heure elle semblait si bien ?

Ses yeux l'interrogeaient plus encore que ses lèvres.

— Faites vite, Mademoiselle, avant que le concert commence.

Renée se glissa, souple comme une petite couleuvre, à travers les sièges, et découvrit sa tante.

— Tante, Simone est souffrante et désire rentrer tout de suite, dit-elle sans préambule.

Le visage de Mme Hozeranne montra la contrariété la plus vive : s'en aller quand son fils était sur le point de se faire entendre ?... Avant de recueillir de toutes les bouches les éloges qui chatouilleraient une fois de plus ses oreilles maternelles ? La pauvre femme ne s'en consolerait pas.

— Qu'a donc cette chère enfant ? demanda-t-elle ; sans doute un simple malaise causé par la chaleur ; mais cela passera.

— Vrai, tante, elle ne peut pas rester, répliqua Renée qui n'en savait rien du tout mais qui arrangeait les choses dans sa petite tête. Je comprends que vous ne puissiez... lâcher pied juste au moment où Robert va jouer... mais je pourrais bien rentrer avec Simone : il y a deux voitures de la maison, nous vous laisserions le coupé.

— Partir ainsi, vous deux, seules dans la nuit, mes enfants ?... impossible, répondit très fermement Mme Hozeranne en faisant mine de se lever.

D'un geste, Renée la cloua sur sa chaise.

— D'abord, nous ne serions pas seules, étant deux, repartit-elle judicieusement. Ensuite, M. de Kiprianeff pourrait nous servir de chaperon.

— Ou bien moi, prononça la voix joyeuse de Gonzague qui écoutait depuis une minute.

— Au fait, avec toi en plus, parfaitement ! s'écria Renée. Voilà qui nous va tout à fait.

— Je ne sais s'il est convenable...

— Qui ? M. de Kiprianeff ?... se récria Mlle Brézure. Oh ! tante !

— De vous laisser partir ainsi, acheva la femme du docteur, partagée entre le sentiment de sa responsabilité et le désir de rentrer avec la malade.

— C'est convenu, tante, ne vous inquiétez pas de nous ! On va commencer à jouer : ne faisons pas de bruit, conclut Renée, feignant de s'éloigner.

— Allons ! puisqu'il le faut !... Mais tâchez de vous éclipser sans qu'on s'en aperçoive.

— A l'anglaise, c'est entendu. Adieu, tante.

Preste comme un petit chat, elle se sauva, tandis que la cantatrice entamait l'air de *Paillasse*.

Le tour de Robert arrivait.

Mme Hozeranne, qui n'avait pas du tout écouté la chanteuse, prêta l'oreille et ne pensa plus à ceux qui fuyaient en ce moment sur la route inondée de rayons lunaires.

Sa commission faite, Renée, suivie de son frère, était revenue vers Kiprianeff, qui, au vestiaire, entourait de soins Mlle Hozeranne et l'enveloppait de sa chaude sortie de bal.

— Tante permet que nous partions tous les quatre. Filons vite avant qu'elle ne se ravise. Moi, je ne suis pas fâchée de rentrer.

Otto avait repris sa figure impassible ; aux paroles de Mlle Brézure il s'inclina sans répondre. La voiture étant avancée devant le perron et les jeunes filles installées, il s'assit en face d'elles avec Gonzague sur la banquette de devant.

Elles avaient eu la fantaisie de venir dans la victoria, la nuit n'étant pas froide, trouvant très agréable, au sortir des salons surchauffés, cette promenade en plein air.

— Je vous avertis que je vais prendre un petit à-compte sur mon prochain sommeil, déclara Renée qui s'arrangea commodément pour dormir, emmitouflée dans ses châles et le dos presque tourné à ses compagnons de route.

Elle s'endormit en effet bientôt tout à fait, bercée par le trot cadencé des chevaux. Son frère ne tarda pas à l'imiter, ou peut-être feignit-il seulement de l'imiter pour donner quelque liberté à des amis qu'il devinait malheureux.

Accablée au fond de la voiture, Simone ne dormait pas, elle. Malgré sa souffrance, elle éprouvait comme une détente à se sentir emportée dans la nuit pleine de rosée et dans l'air frais qui sentait l'aube ; au loin, la rivière serpentait, et ses flots brillaient comme de l'émeraude sous la lune... Devant elle, celui qu'elle aimait la regardait, et elle lisait dans ses yeux la phrase qu'il prononçait tout à l'heure à son oreille :

— Jamais mon affection ne vous fera défaut.

Ainsi, par cette nuit d'automne d'une incomparable douceur, ils rentrèrent à la maison, Renée pour monter chez elle, trébuchante, les paupières lourdes, le cerveau brouillé, afin d'y continuer le somme commencé en route ; Gonzague, pour faire comme sa sœur ; Simone, pour se jeter à demi dévêtue sur son lit et y rêver douloureusement sans pouvoir fermer les yeux.

Otto, enfin, pour se promener jusqu'au matin dans sa chambre, sans goûter une minute de repos.

Il savait qu'elle souffrait et il ne pouvait en supporter l'idée.

Et encore il ignorait la cause de cette subite douleur, mais dans quelques heures il le saurait.

En descendant de voiture, tandis qu'il la soutenait, elle lui avait glissé ces mots :

— Demain matin, j'irai à la messe de 8 heures... Venez-y aussi, nous rentrerons ensemble à la maison, et, chemin faisant, je vous dirai tout.

Cependant, chez les Mérande, le concert avait pris fin, le cotillon allait commencer pour se terminer par un souper par petites tables ; mais Mme Hozeranne, après avoir entendu applaudir son fils et louer son talent, ne tenait plus à rester.

Quelques mères de famille — de celles dont les filles sans dot ne pouvaient choisir elles-mêmes leur époux — entouraient Robert et le félicitaient ainsi que Mme Hozeranne.

Robert méritait, du reste, les compliments qu'on lui adressait.

Cette nuit-là, il s'était véritablement surpassé.

Certainement Otto, qui s'y connaissait en musique comme en tout, avait dû l'écouter, pâle, les lèvres serrées, les sourcils contractés, jaloux peut-être...

Et Simone ?

Il avait bien cherché, mais sans les rencontrer dans l'auditoire, deux grands yeux verts pleins de flamme...

Et cependant il avait joué pour elle seule.

Lorsque Robert, échappant aux félicitations, se trouva seul avec sa mère qui l'entraînait au vestiaire, il demanda avidement :

— Et Simone, pourquoi n'est-elle pas là ? Qu'a-t-elle dit ?

Etonnée, Mme Hozeranne le regarda.

— Simone ? Ah ! Tu ne sais donc pas ? Il y a bien une heure qu'elle est partie.

— Partie ? Quelle idée !

— Elle s'est trouvée souffrante.

— Bah ! Et vous l'avez laissée s'en aller seule ?

— Il le fallait bien. Du moins... seule, non ; M. de Kiprianeff, Gonzague et Renée rentraient également.

Le bossu devint très pâle et essuya la sueur perlant à son front.

— Vous avez permis cela, ma mère ? fit-il, la voix sourde.

Mme Hozeranne parut embarrassée.

— Que veux-tu ?... Pouvais-je faire autrement ? Je ne vois pas ce qui empêchait ta cousine de rentrer ainsi accompagnée.

Robert bondit.

— Ah ! je le vois, moi ! fit-il avec colère.

— Tu conçois que, plutôt que de la laisser en tête-à-tête avec un étranger, je l'aurais escortée moi-même ; mais puisque Gonzague s'est joint à eux, il n'y a rien à dire.

Le rire sec du bossu éclata tout à coup.

— Eh ! je pourrais penser comme vous ! Mais le monde est-il de notre avis ?... Après les avoir vus danser ensemble ce soir — et combien de fois !... puis partir en même temps, on va les marier certainement.

— Et puis ? La belle affaire !

Le bossu frappa du pied.

— Mais je ne le veux pas, moi. La réputation de Simone m'est chère.

— Je le comprends jusqu'à un certain point. Mais, quand ils se marieraient ?...

— Ah ! vous ne comprenez donc pas que je ne le veux pas non plus.

— Ah ! bah ! fit la mère abasourdie. Est-ce que, par hasard, tu serais jaloux ? Mais alors, je vais plus loin...

— Oui, oui, j'ai l'intime conviction que Simone et M. de Kiprianeff ne se déplaisent pas et... cela m'est odieux.

Ils montèrent en voiture, et, pour éviter les reproches de son fils, elle eût bien voulu feindre le sommeil, mais il ne lui en laissa pas le temps.

— Vous ne pouviez donc pas l'accompagner, vous, mère, comme c'était votre devoir ? reprit la voix grondeuse.

— Je tenais trop à t'entendre, mon enfant, et à te voir applaudir. De cela tu ne me feras pas un crime, j'espère ?

Pour se faire pardonner ses murmures, Robert embrassa la pauvre femme.

— Non, mère ; mais, vois-tu, je n'aime pas ce retour inopiné de Simone à la maison. Il y a quelque chose là-dessous.

Et soudain, cachant sa tête dans les vêtements de sa mère, le bossu éclata en sanglots.

CHAPITRE X

A la nuit délicieuse avait succédé une matinée grise avec une lourde chaleur d'orage.

Le bois tressaillait déjà sous le vent du Sud ; les eaux huileuses de l'étang brillaient entre les troncs à demi dépouillés.

Au sortir de l'église où elle avait pleuré et prié, Simone trouva Kiprianeff qui s'y était agenouillé un instant.

Avant de parler, elle l'enveloppa de son clair regard pensif.

N'était-il pas le seul à qui elle pût confier le terrible secret qui l'oppressait depuis hier ?

Mais ce qu'elle avait à lui dire était affreux.

— Ne vous hâtez pas, ne vous fatiguez pas à penser ; il ne faut plus que vous souffriez comme hier, murmura-t-il d'une voix si douce qu'elle reprit aussitôt courage.

Ils marchèrent lentement vers le parc dont la grille s'ouvrait, peu distante de l'église où les Hozeranne, sauf Simone, ne mettaient jamais le pied.

— Si, répondit la jeune fille, je dois, au contraire, me hâter de tout vous apprendre. Peut-être, après mon aveu, vous retirerez-vous de moi avec effroi.

— Jamais ! fit-il avec énergie, quoi que vous me disiez.

— Même si je vous apprenais que je suis la fille d'un fou ?

Il eut un mouvement de surprise, non de recul, et répliqua, mais avec un accent d'incrédulité :

— Même après cela. Seulement, êtes-vous bien sûre de ce que vous avancez ? Qui vous en a informée ?

— Ces fillettes qui causaient entre elles sur le balcon, cette nuit, et qui ne soupçonnaient pas ma présence sur la terrasse où vous m'avez retrouvée si abattue. Elles ne parlaient, paraît-il, qu'à bon escient.

— Et que racontaient ces demoiselles ?

— Qu'il y a au moins six ans, à la suite d'on ne sait quel drame de famille, mon père a été enfermé dans une maison de santé.

— Vous l'ignoriez ?

— Entièrement. J'étais en pension, à cette époque, et, depuis, on me l'a toujours caché, voulant sans doute éviter de m'impressionner.

— Qui a fait interner votre père ?

Une pensée de colère et de vengeance assombrit une minute les claires prunelles de la jeune fille.

— Mon oncle, proférèrent ses lèvres sèches.

— M. Hozeranne, le docteur ?

Avare d'explications, Simone se contenta d'incliner la tête affirmativement.

Il y eut un silence ; ils étaient arrivés au parc où Simone s'était laissée tomber sur un banc rustique.

Debout devant elle, la tête nue, très noblement, Kiprianeff lui dit :

— Mademoiselle, m'autorisez-vous à demander votre main à votre oncle dès son retour ?

Elle eut un cri de joie éperdue.

— Ma main !... Vous ?... bégaya-t-elle. Vous, après ce que vous savez !...

Il se recueillit une minute et reprit, très grave, un peu ému :

— Je vous tiens pour la plus noble et la plus exquise des femmes, et je n'ai plus qu'un désir au monde : vous savoir mienne pour la vie. Que s'il y a chez vous un mal héréditaire, ce que je ne crois pas, je vous guérirai à force d'amour, de soins et de bonheur.

Quel cœur de jeune fille ne se fût pas pris à la douceur de ces promesses, à l'infinie tendresse qu'exprimaient ces yeux ?

Simone remercia son chevalier d'un sourire extasié.

— Si Dieu me laisse la vie et la santé, dit-elle, il n'y aura pas sur la terre d'homme plus heureux qu'Otto de Kiprianeff s'il ne dépend que de moi.

— Je le crois, répliqua-t-il, et je crois aussi que vous vivrez sereine et bien portante, mon enfant chérie, pour me donner cette félicité que vous me promettez et pour la goûter vous-même.

Simone baissa la tête et soupira :

— Ai-je le droit de penser à mon propre bonheur quand mon infortuné père gémit encore, peut-être, dans une horrible captivité ?

Otto tressaillit.

— C'est vrai ! Dire que vous ignorez s'il vit ou s'il est mort ! l'affreuse incertitude ! Il faut absolument y mettre fin.

— Je le veux, reprit résolument Simone. Mon oncle revient ce soir ou demain ; j'irai droit à lui et lui arracherai la vérité. Il ne pourra la cacher plus longtemps à une malheureuse fille qui veut savoir comment pleurer son père. Et si ce n'est pas un mort que je dois regretter, eh bien ! en quelque lieu qu'il soit, fût-ce en un cabanon de forcené, j'irai l'embrasser et tenter de réveiller sa raison.

— En effet, votre devoir est là, dit Kiprianeff, et je vous aiderai à l'accomplir. Et si.....

Il s'arrêta net, comme s'il craignait d'exprimer sa pensée trop hardiment.

— Si ? répéta Simone en interrogation.

— Mon Dieu ! j'ai peut-être tort de vous dire cela..... Mais il s'est vu tant de choses de ce genre !

— Quelles choses ?

— Si votre père n'était pas ou plus fou ? Si on l'avait incarcéré par erreur... ou par méchanceté ?

Simone poussa un cri sauvage, se leva toute droite, puis retomba sur le banc moussu.

— Impossible ! Il faudrait que mon oncle fût un monstre. Ne me donnez pas de vaine espérance, mon ami. Quel intérêt aurait-il à commettre un crime aussi épouvantable ?

— Aucun, en effet, puisque la fortune de votre père vous revient. D'ailleurs, M. Hozeranne ne se montre pas avide d'argent.

— Alors, qu'est-ce qui peut vous susciter une pareille idée ?

Il la regarda sans répondre ; il pensait :

— Quoi ?... Eh ! mon Dieu ! l'attitude même de cet homme à l'égard de sa pupille. Voilà trois mois que j'observe ; non seulement il ne l'aime pas, mais, en la considérant, il se trouble comme un coupable ; il fuirait volontiers son contact, sa présence, s'il le pouvait... Elle est pour lui un reproche inconscient, un vivant remords.

Ne connaissez-vous personne qui, hors la famille Hozeranne, puisse vous renseigner sincèrement sur les faits qui ont eu lieu lors de la disparition de votre père ?

— Il y a sans doute des gens qui savent ce que j'ignore, mais qui sont-ils et où se trouvent-ils ? D'ailleurs, parleraient-ils ? Ce drame a dû se passer si mystérieusement !

— Et parmi les personnes de la classe inférieure ? Ne vous rappelez-vous pas quelque ancien serviteur ?

Simone réfléchissait profondément, fouillant ses souvenirs. Tout à coup elle releva le front ; une lueur brillait dans ses yeux.

— Je sais ! s'écria-t-elle. Oui ! le Breton Canadille, le brave Canadille qui était si attaché à mon père et qui me faisait sauter dans ses bras en m'appelant « la petite amirale ».

— Qui était cet homme ?

— Le matelot de mon père, alors lieutenant de vaisseau. Oh ! je me souviens très bien de lui. Lorsque je n'ai plus vu mon père et que je l'ai cru mort, Canadille a également disparu ; je pensais qu'il s'était retiré chez lui, à Lorient.

Kiprianeff inscrivit une note sur son carnet.

— Dès aujourd'hui je vais prendre des informations sur cet homme. S'il n'est pas mort, nous apprendrons peut-être quelque chose par lui. Je me charge d'écrire. J'ai un camarade de l'École de médecine qui passe ses étés près de Lorient : par lui j'obtiendrai un renseignement sur l'ancien matelot.

Ils se levèrent ; l'entretien avait duré et l'on pouvait les surprendre causant très intimement dans le parc.

Il leur arrivait souvent de s'y promener ensemble, même de travailler dehors à la fraîcheur, et ils ne s'en cachaient pas.

Aujourd'hui, le premier venu pouvait deviner qu'ils avaient causé de choses graves et s'étonner de leur attitude.

Bientôt Simone déclarerait à haute voix et fièrement qu'Otto de Kiprianeff était son fiancé ; d'ici là, tous les deux devaient se montrer circonspects. Lentement, ils revinrent à la maison.

Immédiatement, Otto expédia sa lettre à son ami de Bretagne, puis il se mit en devoir de rédiger des notes pour le docteur ; tant qu'il mangeait le pain des Hozeranne, son temps lui était dû.

Simone ne parut pas à table.

Dans l'état d'esprit où elle se trouvait et malgré son désir de revoir Otto, elle ne pouvait s'asseoir en face de sa tante et de son cousin, de ceux qui *devaient savoir* l'histoire du pauvre aliéné et qui, jamais, ne lui en avaient soufflé mot, à elle.

Mais Robert non plus ne prit point part au repas de midi ; Kiprianeff, qui s'en étonna et s'informa de sa santé, reçut de Mme Hozeranne cette sèche réponse :

— Mon fils est souffrant et garde la chambre, lui aussi.

Otto fut plus surpris que peiné du ton que prenait avec lui une femme toujours bienveillante à son égard et qui n'avait aucune raison de lui parler ainsi.

Il ne persista point dans ses questions, se renferma dans un silence un peu dédaigneux, et le déjeuner s'acheva promptement, dans une sorte de gêne.

Le jeune étranger ignorait la cause de l'abstention de Robert ; ce n'était pas un simple caprice, ni même la fatigue d'une nuit sans sommeil qui retenait le bossu chez lui.

De bonne heure chassé de sa chambre par l'insomnie, Robert s'était jeté dans le parc, afin de puiser à la fraîcheur du matin un peu de calme pour ses nerfs surexcités.

Le pauvre enfant n'y avait trouvé qu'un surcroît de peine et de fièvre.

Du côté de l'étang, il avait vu sa cousine Simone causer, véhémente, presque passionnée, avec Otto de Kiprianeff. Il avait vu celui-ci se pencher et passer ardemment sur ses lèvres la main qu'elle lui abandonnait.

En tout autres circonstances, ce geste, familier aux Slaves, n'eût point étonné Robert ; mais ici, à l'écart dans le bois, au milieu d'une conversation qu'il n'écoutait pas, quelque désir qu'il eût de prêter l'oreille, mais qu'il devinait bien loin des banalités habituelles, l'attitude des deux amis l'intriguait douloureusement.

Il rentra comme un fou et frappa chez sa mère qui terminait sa toilette.

Au bouleversement de ses traits, elle comprit qu'il souffrait beaucoup.

— Mère, Otto de Kiprianeff, cet intrigant dont mon père est féru, soupire en ce moment une déclaration à Simone qui l'écoute avec plaisir et lui abandonne sa main à baiser.

Mme Hozeranne ouvrit de grands yeux.

— Es-tu bien sûr ?... commença-t-elle.

— Très sûr, hélas !

— Que lui disait-il ?

Le bossu rougit.

— J'avoue, répliqua-t-il, qu'un moment j'ai été tenté de les espionner, puis je me suis hâté de renoncer à une action indigne de moi.

— Mais alors, si tu n'as rien entendu, fit Mme Hozeranne stupéfaite, tu as pu te tromper.

Toujours respectueux envers sa mère, cette fois Robert secoua les épaules avec amertume.

— Je n'ai pu me tromper à leur attitude, à l'expression de leur physionomie... D'ailleurs, voyez-vous, depuis le retour inopiné de cette nuit, j'ai des doutes, je me tourmente, je ne vis plus.

Et, d'une voix assourdie par le désespoir, le malheureux poursuivit :

— Si, comme je le crains, Simone épousait ce misérable, moi je mourrais.

Un cri d'angoisse échappa à la mère, car elle lut dans les yeux de son fils qu'il ne proférait pas une menace vaine.

Il mourrait, non pas volontairement, mais parce que son corps débile ne supporterait pas une pareille secousse.

...

Elle entoura son enfant de ses bras et l'attira vers elle, cherchant à le persuader qu'il se trompait ; mais lui, farouche, répétait :

— Oui, j'en mourrais, je ne saurais la voir épouser ce Kiprianeff.

Alors elle eut un sourire cruel ; elle qui n'avait jamais, sciemment du moins, causé de peine à personne, elle se sentait prête à tout renverser, tout briser, pour défendre du malheur son enfant chéri.

Le déjeuner fut morne.

Gonzague et Renée prirent place à table, encore si somnolents qu'ils ne tentèrent même pas de se secouer pour ranimer la conversation.

Ils s'aperçurent à peine de la gêne soudain établie entre la maîtresse de la maison et le secrétaire du docteur.

M. Hozeranne télégraphia dans l'après-dînée qu'une grave consultation le retiendrait dans la soirée à Paris et qu'il ne serait aux Moires que le lendemain matin.

Sauf les jeunes Brézure, ce retard contraria tout le monde : Mme Hozeranne et son fils, Kiprianeff et surtout Simone.

Jamais César Hozeranne ne se serait figuré être aussi vivement désiré par les siens.

CHAPITRE XI

Voyant que son mari tardait à reparaître, et que, par conséquent, le « coup d'Etat » n'aurait pas lieu ce jour même, Mme Hozeranne jugea bon d'aller en personne morigéner sa nièce en attendant que le tuteur le fit avec sa raideur autoritaire accoutumée.

Dès la fin du déjeuner, Renée, un peu moins engourdie, était allée frapper à la porte de son amie.

— Qu'as-tu ? lui demanda-t-elle en entrant, frappée de l'altération de ce beau visage. Comme tu es pâle ! Et pourquoi as-tu pleuré et te caches-tu de moi ?

Simone alla à elle et l'embrassa.

— Ecoute, lui dit-elle gentiment ; je vais exiger de toi la plus grande marque d'amitié.

— Laquelle ? Parle vite, Simone ! Où faut-il que j'aille ?

— Nulle part. Reste, au contraire ; mais ne me questionne pas et ferme les yeux et les oreilles à ce que tu verras et entendras.

— Tu me fais peur... Depuis hier soir... depuis cette nuit, du moins, je sens du mystère... et du malheur autour de nous, dans cette maison.

— Promets-moi quand même !

— Soit, mais tu n'as donc plus confiance en moi ? Je sais bien que je suis étourdie...

Là-dessus, elle s'enfuit après un sonore baiser jeté dans le vide à l'adresse de Simone.

Environ deux heures après, Mme Hozeranne entra chez sa nièce.

Son air solennel — qui lui allait fort mal, tant elle en avait peu coutume — eût fait sourire Mlle Hozeranne si elle avait eu le cœur à la gaîté.

— Ma chère enfant, dit-elle sans préambule et tout d'une haleine afin de ne rien perdre de son apparence digne et sévère, jusqu'ici je n'ai pas eu à te reprocher les inconséquences et les coquetteries dont se rendent souvent coupables les jeunes filles de ton âge ; mais j'avoue que depuis hier...

— Eh bien ! ma tante ? Depuis hier ? répéta Simone, voyant s'embourber cette fois la pauvre femme, peu habituée aux longs discours.

Mme Hozeranne rougit, toussa, agita son mouchoir de poche richement brodé, et reprit :

— Votre attitude avec... avec le secrétaire de votre oncle laisse à désirer.

Sans relever le « vous » que sa tante employait tout à coup avec elle, Simone répliqua :

— En quoi trouvez-vous cette attitude blâmable, ma tante ? Veuillez préciser.

— Mais... de différentes manières, ma nièce, fit Mme Hozeranne embarrassée. D'abord, vous passez journellement trop de temps avec M. de Kiprianeff.

— Mon oncle n'y trouve pas d'inconvénient. N'a-t-il pas lui-même autorisé et encouragé même ces leçons ?

— Oui... c'est qu'il vous croyait tout autre. Il ignore que vous y consacrez tant de loisirs.

— Je ne crois pas qu'il l'ignore. Si j'y consacre tant de loisirs, comme vous dites, ma tante, cela prouve que le professeur est bon et l'élève docile.

— Trop docile, justement. Vous traitez ce jeune homme d'égal à égal, comme s'il était de notre monde.

— De notre monde, mais il l'est, sinon d'un meilleur encore. Je ne fais que vous imiter en le traitant ainsi; ma tante, qu'imiter mon oncle, et Robert, et les Brézure, et tous. Preuve aussi que M. de Kiprianeff n'est inférieur à personne, au contraire.

— Nous avons eu le tort de trop bien l'accueillir.

— Et lui peut-être celui de se figurer qu'il trouverait ici une maison patriarcale, une vie de famille, avec des repas animés d'une douce gaîté sereine... dit Simone, ironique.

— Cela n'a aucun rapport...

— Si, ma tante, car, au lieu de cela, rencontrant un intérieur troublé, parfois désemparé, où flotte une gêne tenant à la fois du mystère et du remords...

— Simone, que dis-tu ?

— La vérité, ma tante. Il est donc tout naturel que ce jeune homme, bon et intelligent, se soit tourné là où il voyait le plus de sympathie.

— Vers vous, alors ?

— Vous l'avez dit. Mais que me reprochez-vous particulièrement pour hier, ma tante ?

C'était elle maintenant qui interrogeait ; les rôles se renversaient.

— N'as-tu pas dansé plusieurs fois avec M. de Kiprianeff ?

— C'est un plaisir que de l'avoir pour cavalier ; il valse admirablement comme il fait tout bien, d'ailleurs. D'autre part, votre reproche est mal fondé, ma tante, car j'ai dansé souvent aussi avec Gonzague ; je suis même revenue chaperonnée par lui, et cependant vous n'y avez rien trouvé à dire.

— J'ai peut-être été trop facile sur ce point, je le regrette. En tous cas, tu n'es pas avec lui comme avec l'autre.

— Vous voulez dire avec Gonzague comme avec M. de Kiprianeff ?

— Evidemment.

— Oh ! ne les comparons pas, je vous prie.

— La réputation d'une jeune fille est chose si fragile ! Quand il faudra te marier, mon enfant...

— On m'a fait entendre hier que la fille d'un fou ne se marie pas.

Les lèvres de Mlle Hozeranne se refermèrent sur ces paroles prononcées d'un ton farouche ; avec une indéfinissable lueur, ses yeux se fixèrent sur Mme Hozeranne devenue tout à coup aussi blanche que son mouchoir.

— Ah ! voilà donc le secret de ton malaise subit hier soir ? bégaya celle-ci, essayant de ne point paraître troublée.

— Oui, ma tante, et il y avait de quoi quitter le bal, avouez-le.

— Mais qui a pu dire ?...

— Des gens très bien informés qui ne savaient pas que j'entendais leur charitable conversation. Je ne leur en veux pas, oh ! mon Dieu ! au contraire, ils m'ont tirée de mon affreuse ignorance au sujet de mon père.

Mme Hozeranne leva sur sa nièce un regard épouvanté.

— C'est donc pour cela, murmura-t-elle, que cette nuit tu as voulu partir sans attendre ?

— Vous comprenez que, devant la révélation qui m'était faite, je n'ai plus eu le courage de demeurer au bal, et je me suis enfuie dans la nuit avec les seuls amis sincères que j'aie ; Renée et son frère qui ignorent tout encore, et M. de Kiprianeff...

— Ah ! oui, fit aigrement la mère angoissée de nouveau en pensant à son fils ; celui-ci s'éloignera également de toi quand il saura tout.

Les yeux de Simone eurent une flamme qui s'éteignit aussitôt.

Tranquillement, elle répliqua :

— Celui-ci me restera fidèle, car c'est un grand cœur. Je ne l'empêcherai jamais de m'aimer, car son affection m'est précieuse dans un milieu où je me sens parfois de trop.

— Oh ! Simone, tu es ingrate ! On t'aime, chez nous.

— Pas mon oncle, je suppose ? Quant à vous, ma pauvre tante, m'avez-vous aimée assez pour m'avouer la vérité que vous me deviez ?

— Mais... Robert ? murmura la pauvre femme.

— Robert aussi m'aime, mais en enfant gâté, pour lui-même, parce que, à son âge, on a besoin de donner son cœur et que je suis là. Je comprends à présent pourquoi je me sens mal à l'aise dans cette maison où s'est accomplie peut-être à l'égard de mon père une œuvre de désespoir et de mort.

— Que sais-tu donc ? s'écria Mme Hozeranne, épouvantée et tremblante.

— Justement je n'en sais pas assez, ma tante, et *je veux* savoir ; autrement, j'aurais le droit de supposer les pires vilenies. Répondez, qu'a-t-on fait de mon père ?

Mme Hozeranne n'osait plus parler.

Les yeux de Simone, fixés sur elle, descendaient jusque dans son âme et cherchaient à lui arracher l'épouvantable secret.

La femme du docteur subissait l'ascendant de cette intelligence et de cette volonté plus fortes que les siennes, et elle se disait :

— Mon Dieu ! que va-t-il sortir de tout ceci ?

— Vous ne parlerez pas, reprit Simone avec un dédain glacial, vous avez peur de tout ; peur de mon oncle, de votre fils, de moi, du monde ; il n'y a que la voix de votre conscience que vous n'écoutez pas. Tenez, vous évitez de me regarder en face parce que vous savez que j'ai trop à vous pardonner.

Le mouchoir sur les yeux, en tâtonnant et chancelant, Mme Hozeranne se dirigea vers la porte.

— Ne me tourmente pas, mon enfant ; moi je n'ai rien à te dire, bégaya-t-elle. Mais n'amène pas le trouble dans la maison, je t'en conjure, car Robert est malade, bien malade.

— Depuis quand ? Cette nuit il était au bal.

— Il souffre de voir que tu lui préfères un étranger que...

Un geste d'autorité de Simone lui coupa la parole.

— Assez là-dessus, ma tante, dit-elle. Il n'est pas l'heure de parler d'amour. J'ai à m'occuper de choses plus graves...

Et lentement elle ajouta en suivant des yeux sa tante qui s'éloignait :

— Prenez garde que votre injustice et votre dureté de cœur à vous et à mon oncle ne retombent sur votre fils !

Simone referma la porte sur sa tante, mais jamais Mme Hozeranne ne devait oublier cette phrase.

CHAPITRE XII

— Parce que, Monsieur de Kiprianeff, prononçait la voix froide et métallique du docteur qui rangeait, d'une main nerveuse, les objets épars sur son bureau, je n'ai désormais plus besoin de votre concours et que vous pourrez regagner Paris dès demain.

Il s'attendait à de la stupeur, tout au moins à de l'étonnement, à une question bien légitime de la part du jeune homme.

Il n'en fut rien.

Kiprianeff ne se départit pas de son invariable froideur.

— C'est bien, Monsieur, répondit-il ; j'ai justement besoin de me rendre à Varsovie dans le plus bref délai, et j'allais vous demander...

— Hein ! fit le médecin en fixant sur lui un regard stupéfait.

— J'y possède un oncle qui m'appelle auprès de lui ; en refusant de m'y rendre, je risquerais de compromettre mon avenir.

Hozeranne demeurait perplexe. Que racontait donc sa femme et à quel propos cette jalousie de Robert qui tournait à la fièvre et à la maladie ? Si Kiprianeff partait pour la Pologne, il n'était pas épris de Simone, comme on le prétendait...

Hozeranne fut tiré de ses réflexions par la voix du jeune homme lui-même qui l'interrogeait avant de quitter le cabinet.

Il leva les yeux sur lui.

On eût juré Otto indifférent ; seuls ses beaux yeux gris luisaient singulièrement, un peu enfoncés, dans son visage plus pâle que de coutume.

— Docteur, avant de m'éloigner de la France pour un temps, je voudrais emporter une promesse qui me comblerait de joie.

— Laquelle ? fit Hozeranne peu surpris, persuadé qu'il allait lui demander un exemplaire de son futur ouvrage médical.

— Docteur, j'ai l'honneur de solliciter la main de Mlle Hozeranne, votre nièce.

Le médecin tombait du haut de son rêve. Ainsi, c'était donc vrai, ce qu'on lui avait dit ?

— La... la main de Simone ?... bégaya-t-il.

— Oui, docteur, et j'ai la conviction que, de son côté du moins, je ne rencontrerai point de résistance.

Le fat ! Il parlait avec une assurance qui fit bondir Hozeranne.

— De quel droit osez-vous prétendre à la main de ma nièce ? tonna-t-il, exaspéré.

Paisible, Otto répondit :

— Du droit qu'a tout honnête homme d'aspirer au bonheur et d'aimer, surtout quand il sait son amour partagé. Je suis de bonne famille, mes papiers en feront foi si vous en doutez, et ma conduite n'a jamais donné lieu de craindre que je rendrai une femme malheureuse. Or, celle que je chéris ne le sera point, je le jure ! ajouta-t-il, une flamme passionnée dans les yeux.

Hozeranne tressaillit.

Il ferait assurément un excellent mari, ce jeune homme à la physionomie captivante, au cœur noble, aux manières simples et distinguées.

Mais Robert ?

Robert que, ce matin même, il avait trouvé singulièrement changé, pâli, amaigri, avec quelque chose de morne et de fatal dans ses grands yeux souffrants, parce que le pauvre enfant avait deviné l'amour réciproque de sa cousine et de son rival.

Robert ne devait pas souffrir par les autres.

— Eh bien ! Monsieur ? fit Otto avec quelque impatience.

Hozeranne lui jeta un regard farouche.

— Ce mariage ne se fera pas, répliqua-t-il d'une voix sourde.

— Pourquoi, Monsieur ?

— Pour des raisons que je juge superflu de vous fournir.

— Est-ce parce que je suis un étranger ? J'aime mon pays, mais j'aime aussi le vôtre, qui est, du reste, mien en partie.

— Ce n'est pas pour cela, riposta Hozeranne d'un ton douloureux et irrité.

Kiprianeff eut un moment de dépit.

— Alors ?

Et ses yeux aigus fouillèrent ceux du docteur. Celui-ci parut soudain prendre un parti.

— Tant pis ! dit-il, je me décharge de toute responsabilité et je vais confier à votre honneur un secret qui, certainement, changera vos dispositions à l'égard de ma nièce. Le père de cette jeune fille a été atteint d'aliénation mentale.

— Je ne l'ignore pas, Monsieur.

— Quoi?... vous sauriez ! Et comment ? Par qui ?

— Ceci est mon secret.

— Oh ! oh ! des mystères !...

— Chacun a les siens.

— Et vous persisteriez dans votre demande, sachant qu'il peut y avoir hérédité ?... reprit Hozeranne, gêné par cette dernière réflexion.

— Je tiens Mlle Simone pour une personne parfaitement équilibrée.

— Eh ! certainement ; son père aussi, à vingt ans, était bien équilibré, et puis...

— Permettez-moi de conserver ma foi en l'avenir, Monsieur, et de ne rien craindre de cette prétendue hérédité dont vous parlez.

Le visage du docteur se couvrit de rougeur.

— Comment, prétendue ? Oseriez-vous dire, Monsieur de Kiprianeff, que la science s'est trompée ?

— Ce ne serait pas sa première erreur. En tous cas, je garde pour moi mon opinion, et je persiste à vous demander la main de Mlle Hozeranne.

Le médecin demeurait perplexe.

— Se douterait-il de quelque chose ? pensait le malheureux avec terreur. Voudrait-il s'immiscer dans mes affaires, dans ce passé que je ne consens pas à ressusciter ? Oh ! si cela était, je briserais cet homme comme j'ai brisé l'autre, comme je briserais Simone aussi.

Un sourire méphistophélique erra sur sa bouche.

— Ah ! je comprends, poursuivit-il à haute voix avec des inflexions méprisantes : vous acceptez une situation que d'autres, que tous, même, repousseraient avec horreur, parce que la jeune fille en cause a une dot enviable.

Otto se contenta de sourire avec une pitié dédaigneuse : puis, tirant une lettre de sa poche :

— Voici, dit-il, qui vous édifierait sur mon avenir si vous saviez lire le russe ; mais je peux vous traduire cette page. Je vous ai appris que je suis appelé à Varsovie ; c'est en effet par un parent qui n'a plus que moi au monde et qui désire vivement me revoir avant de mourir. Si j'obéis, si je vais passer un an auprès de lui, je deviens son héritier sans conteste ; sinon, ses biens, qui, sans être considérables, forment une aisance enviable, iront grossir le trésor des pauvres. Vous voyez donc, Monsieur, que votre soupçon est mal fondé.

Hozeranne baissa la tête ; il ne pouvait mettre en doute les paroles de Kiprianeff dont il connaissait la loyauté.

Mais il ne voulait pas être battu dans la lutte, car le bonheur, la santé, la vie même de Robert étaient en jeu.

— Peu importent toutes ces questions ! dit-il enfin avec fatigue.

— Cependant, docteur, c'est vous qui les avez soulevées, permettez-moi de vous le faire remarquer.

— Soit. Néanmoins, je refuse de vous donner Simone.

— De quel droit ?

— Eh ! Monsieur, du droit que me confère la loi. Ne suis-je pas son oncle et son tuteur ?

— C'est que vous la destinez à un autre, alors.

— Et quand cela serait ?

— A votre fils, peut-être. Mais Mlle Simone ne voudra pas de lui pour époux.

— Qu'en savez-vous ? Simone est encore trop jeune pour songer au mariage, et un jour viendra où elle me suppliera elle-même de la prendre pour fille.

— En ce cas, Monsieur, c'est que la folie de son père n'a jamais existé que dans vos rêves, répliqua Otto ; sans cela, autoriseriez-vous cette union ?

Hozeranne tressaillit : il avait été imprudent de laisser entendre que Simone pourrait épouser son cousin. En effet, que croirait-on alors ?

Les deux hommes croisèrent un regard plein de menaces d'un côté, de mépris de l'autre.

— Monsieur, conclut Kiprianeff en se dirigeant vers la porte, vous n'agissez pas en tuteur loyal; mais ne croyez pas que nous nous soumettrons à vos injustes volontés; Mlle Simone attendra tranquillement son émancipation, et, à mon retour de Pologne, j'aurai l'honneur de vous redemander sa main... au moins pour sauver les apparences.

Il salua avec hauteur et disparut.

Hozeranne demeura seul, la rage au cœur et ne sachant sur qui déverser sa colère.

Il réfléchit, et, peu à peu, sa physionomie se détendit.

— Bah ! se dit-il à la fin, c'est me faire bien du tracas pour peu de chose : Kiprianeff s'en va très loin conquérir une fortune, à ce qu'il prétend, et tout s'arrangera ; les absents ont tort, dit le proverbe.

Simone — une enfant, pas autre chose — oubliera son beau chevalier servant. Je lui ferai tâter du monde à outrance. Elle est belle et se verra très courtisée ; elle trouvera bien de quoi se consoler du départ de son fiancé, ou le diable s'en mêlerait. Il y a bien aussi Robert qui s'est toqué de sa cousine et dont la nature ardente jusqu'à l'exagération souffre de la moindre contrariété... mais lui aussi peut changer, et, si décidément il s'obstine dans son amour, eh bien ! on lui donnera Simone, voilà tout. Ma femme m'affirme que ma nièce sait à présent ce qui concerne son père... Non, elle ne peut pas *tout* savoir ; qui donc le lui aurait appris ?

CHAPITRE XIII

Avant de s'éloigner à jamais des Moires, Otto de Kiprianeff eut un dernier entretien avec Mlle Hozeranne dans ce parc où, le cœur broyé par l'envie, Robert les avait vus échanger un serment d'amour.

A présent, que leur importait qu'on les vît ?

Otto s'en allait ; Simone méprisait dorénavant toute réprimande ; enfin, qui pouvait les espionner aujourd'hui ?

Le docteur se levait tard, ayant veillé une partie de la nuit ; Robert, malade, gardait le lit, et sa mère ne le quittait pas.

Kiprianeff avait d'autant plus besoin de revoir Simone, qu'il partait dans une heure et surtout que son ami de Lorient, faisant diligence plus qu'on eût osé l'espérer, lui avait répondu par télégramme, ayant horreur de la plume et des épîtres même d'une page :

Ancien matelot Canadille infirme et plus au pays. Si pas mort, habite actuellement Fécamp.

— Ce soir je serai à Fécamp, disait Otto à Mlle Hozeranne, et si je peux apprendre quelque chose de nouveau par l'homme que nous cherchons, vous en serez instruite aussitôt.

— Par quel moyen ?

— Eh ! par la poste. Je ne commets aucun mal en écrivant à ma fiancée, et ce que contiendront mes lettres aura plutôt trait à des sujets graves qu'à des projets d'avenir.

Nous garderons les doux rêves de bonheur pour l'époque où nous saurons ce que nous tenons à savoir. Cependant, prévoyons bien tout : si l'on venait à intercepter notre correspondance...

Simone eut un geste de dénégation :

— Personne ici n'en est capable. Mon oncle peut ignorer la tendresse — en ce qui ne concerne pas son fils — et le pardon des injures, mais il lui répugnerait d'employer à notre égard la ruse et l'espionnage. Quant à ma tante, elle n'oserait toucher à mon courrier, car, au fond, elle me craint. Robert est trop délicat pour se laisser entraîner à une vilenie, fût-ce par jalousie. Comme vous le dites, enfin, deux fiancés ont le droit de s'écrire.

Il y eut un silence que rompit Kiprianeff.

— Votre oncle, dit-il, m'a lancé au visage une accusation qu'il répètera sûrement devant vous, et je tiens à vous apprendre...

D'un geste, Simone lui coupa la parole :

— Toute voix qui s'élèvera contre vous, mon ami, je ne l'écouterai pas. Tout ce qu'on tentera de m'insinuer sur vous me laissera sourde.

Otto lui baisa la main.

— Merci, dit-il ému. Pourtant il y a une chose qu'il faut que vous sachiez ; vous êtes riche, paraît-il, et moi pauvre, du moins en ce moment.

— Je ne l'ignorais pas, mais toute comparaison de ce genre était loin de ma pensée.

— De la vôtre, oui, mais non de celle des autres. Or, on m'accuse déjà de rechercher votre main parce qu'elle contient une dot.

Simone secoua les épaules.

— Laissez donc jaser les imbécilles ! Ces stupides insinuations devraient-elles seulement vous toucher ?

— Elles sont au-dessous de nous, il est vrai ; toutefois, j'ai tenu à répondre à M. Hozeranne, qui me faisait ce compliment, que, dans peu de temps, je puis avoir une fortune égale à la vôtre.

— Que m'importe ! fit Simone, tellement éloignée de ces questions-là, qu'elle n'était pas même curieuse de savoir comment Otto pouvait si vite devenir riche.

Il lui tendit la lettre récemment venue de Russie :

— Lisez cela, dit-il, vous comprenez maintenant assez ma langue pour en prendre connaissance vous-même.

Elle lut lentement, avec quelque peine, mais elle comprit et devint pâle.

— Si j'ai bien saisi l'objet de cette missive, dit-elle en rendant le papier à son fiancé, votre parent vous appelle auprès de lui, et, à condition que vous répondiez à son désir, il vous léguera sa fortune ?

Otto eut un signe affirmatif.

— Et, pour cela, vous m'abandonneriez ? continua-t-elle, la voix altérée par l'angoisse.

— Aussi nul ne pourra m'accuser d'entretenir des desseins intéressés à votre égard, fit le jeune homme fièrement.

Il y eut un silence, et Simone reprit :

— De sorte que si j'ai à lutter comme je le prévois, à souffrir plus encore que je n'ai souffert, je serai seule. Moi qui comptais sur vous!

Une larme roula sur sa joue. Déjà Kiprianeff était à ses pieds.

— Vous ne comprenez donc pas, Simone, que, plus encore que vous, j'aurai le cœur déchiré de cette séparation ; mais d'ici votre majorité ou votre émancipation votre tuteur m'éloignera de vous et nous empêchera de nous voir.

— Mais, en admettant que mon père ne soit pas mort... pas même malade, comme on le prétend, ajouta-t-elle d'une voix sourde, moi je voudrai le voir, le délivrer... Or, que pourrai-je seule, abandonnée à moi-même et entourée de gens qui me sont plutôt hostiles ?

— C'est vrai.

— Quelque chose que l'on me dise sur vous, quoi que l'on me raconte de vos faits et gestes, j'y fermerai l'oreille.

Il ne la remercia pas. Ces deux êtres avaient tellement foi l'un dans l'autre, que, pour chacun, une nouvelle preuve de confiance et d'affection venant de l'autre ne les étonnait pas.

— Alors, que dois-je faire ? Parlez, j'obéirai, dit Otto.

— Reprenez tranquillement, en apparence surtout, vos études à la Faculté. Si j'ai besoin de vous, je vous appellerai.

— Ce sera peut-être bientôt, murmura le jeune homme, car j'ai le pressentiment que je vais apprendre du nouveau à Fécamp.

— Quoi que l'on vous raconte, quelque pénible à entendre que soit la vérité, promettez-moi de ne rien me cacher, reprit Simone.

Il hésita, puis répondit :

— Je vous le promets. Peut-être souffrirez-vous, peut-être pleurerez-vous, mais j'ai tant d'amour à vous donner, ma Simone, que je vous ferai oublier la douleur, je la partagerai et l'atténuerai le plus que je pourrai. Ainsi, c'est décidé : je ne pars pas pour Varsovie ?

— Non, je vous en supplie, quoi qu'il arrive ; je serai moins malheureuse, vous sachant près de moi.

— Vous savez que c'est mon avenir que je brise, la fortune que j'abandonne.

— Cela vous importe donc bien ?

— A cause de vous uniquement.

— Oh ! alors, n'y pensez plus. La fortune de votre parent vous échappe, soit ! Mais ne dites pas que votre avenir en est brisé, puisque nous devons être l'un à l'autre pour jamais.

Il se leva, lui baisa les mains une dernière fois et promit de lui apprendre le plus tôt possible le résultat de son voyage en Normandie.

Pensive et triste, elle le regarda s'éloigner, se demandant où et en quelles circonstances elle le reverrait.

Le soir même, ainsi qu'il l'avait annoncé, Kiprianeff était à Fécamp et parcourait la petite ville en tous sens, à la recherche du vieux marin.

Il finit par obtenir les renseignements désirés : Canadille habitait seul une pauvre masure non loin de la plage, du côté de l'ancienne abbaye où se fabrique la bénédictine.

Un petit emploi, qui ne nécessitait pas d'exercice violent de sa part, ses membres à demi paralysés ne lui permettant pas de se livrer à beaucoup de mouvement, suffisait à le faire vivre, très pauvrement, il est vrai.

Otto dormit peu cette nuit-là, mais il pensa beaucoup à Simone et à son père.

Qu'allait-il apprendre concernant ce dernier ? Très probablement que le malheureux, bien réellement fou, avait fini de vivre dans une triste cellule, sans doute convenablement soigné, mais sans recouvrer la raison ni demander à revoir son enfant.

Cette catastrophe était arrivée à la suite d'un drame de famille, avait-on dit ; alors la maladie était accidentelle et non héréditaire.

Simone en demeurerait donc indemne. Et, dans le cas contraire, Kiprianeff ne renoncerait jamais à elle, fût-il même assuré qu'un jour elle aussi serait prise de démence.

DEUXIÈME PARTIE

CHAPITRE PREMIER

Terne, grise et triste, ainsi commença la journée.

La mer, d'un vert glauque qui rappelait les beaux yeux de Simone Hozeranne, semblait couver un orage sous son apparente tranquillité.

Tout artiste qu'il fût, Otto ne s'attarda pas à ces détails, et, dès le matin, il frappait à la porte de la maisonnette occupée par Canadille.

L'ancien marin, qui s'apprêtait à sortir, péniblement porté sur ses jambes flageolantes, parut fort étonné à l'aspect de ce très grand jeune homme qui avait l'air d'un prince.

— On dirait un Anglais. N'en faut pas chez moi, grogna le brave garçon entre ses dents jaunies par le tabac.

Mais tout de suite il changea d'avis quand Otto se présenta comme venant de la part de Mlle Hozeranne, fille de son ancien officier.

Canadille dévisagea le visiteur. Sans doute l'examen lui fut favorable, car le matelot s'écria :

— La jeune demoiselle a des chics amis ; mais... venez-vous aussi de la part de son oncle ? ajouta Canadille dont le visage brun eut un éclair haineux vite réprimé.

— Son oncle ? Le Dr Hozeranne ?

— Oui M'sieu César, comme on disait. La demoiselle n'en a pas d'autre.

— Il doit totalement ignorer que je vous ai vu, Canadille, répondit Otto d'un ton si grave que la défiance du bonhomme s'évanouit aussitôt.

— Vous ne l'aimez pas, l'oncle, hein ? reprit Canadille.

— Non, mon brave, je ne l'aime pas, surtout depuis que je l'ai vu faire pleurer sa nièce.

Canadille ouvrit des yeux énormes.

— Il fait pleurer l'enfant ! Ah ! le gredin ! le misérable ! ah ! le vampire !

— *L'enfant* a près de dix-huit ans, crut

devoir rétorquer Otto dans un rapide sourire.

— Bon Dieu ! Tant que ça ! On ne pense pas que ça pousse à mesure que nous vieillissons, nous. Dix-huit ans !.. Et il la fait *endurer !* la canaille ! C'est donc pas assez de ce qu'il a fait au père ?... Et moi qui croyais !... Vous savez, on l'a tant aimée, cette gamine... pardon, la demoiselle, alors qu'elle n'était pas plus haute que ça... !

Depuis, je me laissais dire que Mam'zelle Simone était sortie de pension et très heureuse chez son oncle.

Mais c'est pas vrai, hein ! Ah ! quand on n'entend qu'une cloche !..

Et même on ajoutait qu'elle s'épouserait avec M'sieu Robert, le fils au Dr César, un bossu qui n'a dans les veines pas plus de sang qu'un poulet.

— Rassurez-vous, Canadille, ce mariage n'aura pas lieu, affirma Kiprianeff d'un ton grave.

L'ancien matelot respira, comme soulagé.

— Tant mieux ! parce que, voyez-vous, Monsieur, cette union-là ne pouvait pas avoir lieu. J'aurais plutôt été trouver la demoiselle, moi qui ne marche pas et ne voyage pas facilement.

— Elle n'était pas absolument malheureuse jusqu'à ces jours derniers, reprit le Slave ; car son tuteur, très occupé, ne s'inquiète guère d'elle, et sa tante la laisse libre d'agir à sa guise.

— Pourquoi dites-vous que Mam'zelle Simone n'était pas tourmentée *jusqu'à ces jours derniers*, Monsieur ? demanda Canadille très agité.

— Parce que jamais on ne lui parlait de son père, dans cette maison, répondit Kiprianeff, les yeux dans les yeux du marin. C'est récemment, chez des étrangers, qu'elle a appris par hasard... l'accident arrivé à M. Hozeranne.

Canadille passa par toutes les couleurs de l'arc-en-ciel et respira bruyamment.

— Ainsi elle ignorait donc tout, auparavant ? murmura-t-il. Ça m'étonnait, aussi, qu'elle ne s'informe de rien et vive comme une demoiselle qui n'a pas de souci dans l'existence, et... ma foi, disons le mot : pas de cœur.

— Toujours sérieuse, même triste, elle souffrait de ne pouvoir rien deviner et sentait instinctivement du mystère autour d'elle...

Et, mon brave, ce mystère, vous seul pouvez nous le dévoiler.

— A qui, *nous* ? demanda le matelot soudain soupçonneux.

— A Mlle Hozeranne d'abord...

— Par votre canal ?

— Par mon ? Comment dites-vous ?

— Je veux dire que vous êtes son inter... inter... quelque chose.

— Son intermédiaire ?

— C'est ça même.

— Je le suis, en effet.

— Mais comment que vous m'avez découvert ?

— Mlle Simone ne vous a jamais oublié, Canadille.

— Est-elle mignonne ! fit-il ravi.

— Seulement, elle vous croyait à Lorient.

— On a quitté le pays, rapport à une place qu'on m'offrait ici.

— Je me suis renseigné à votre sujet, Canadille, et l'on m'a appris que vous viviez à Fécamp où je suis accouru directement, après avoir conféré avec Mlle Simone.

Hier matin nous nous sommes dit adieu et je lui ai promis de lui rapporter les détails qu'elle désire.

— Sur ?

— Vous le savez bien, Canadille : sur son père.

Embarrassé, le marin se gratta la tête.

— Ben oui, dit-il, mais depuis quelques années, moi aussi j'ai perdu de vue le pauvre Monsieur. Que pourrais-je affirmer ?

— Vous l'avez perdu de vue ? s'écria Otto qui tressaillit à ces paroles.

Soudain la pauvre horloge de bois sonna l'heure, d'une voix grêle et rouillée.

— Faut que je m'en aille, dit Canadille qui s'empara de ses béquilles et se disposa à sortir. Le patron m'attraperait ferme si je me mettais en retard.

— Mais alors ? fit Kiprianeff désappointé. Et ma mission ? Où et quand vous reverrai-je ?

— Je suis libre de midi à 2 heures, Monsieur, et si vous voulez revenir ici...

— Soit, à midi et demi, alors.

Ayez foi en moi, Canadille, vous ne vous en repentirez pas.

Les yeux clairs de l'ancien marin enveloppèrent encore une fois la haute silhouette élégante du jeune homme, et ils se séparèrent, le marin déambulant sur la route et murmurant :

— Si c'est là « le bon ami », comme qui dirait le promis de notre demoiselle, elle a bien choisi. Cristi ! le beau gars ! Et bon avec ça, je l'ai lu sur sa figure ; et loyal aussi, quoiqu'y ne dise que ce qu'il veut bien dire. Je ne suis qu'un vieil imbécile, mais j'ai du flair et je reste attaché à ceux que j'ai connus et aimés. Je me suis fait jadis tant de mauvais sang pour mon pauvre maître !... Et je ne sais seulement pas ce qu'il est devenu à l'heure d'aujourd'hui !... Est-il mort à la peine ? Est-il encore vivant dans sa tombe ?... Car une prison est pire qu'un tombeau

CHAPITRE II

Avant l'heure indiquée, Kiprianeff, plein d'impatience, était chez Canadille, qui, devant lui, prit son humble repas.

Le jeune homme avait aperçu, attaché au mur, tout un jeu de vieilles pipes plus ou moins culottées.

Aussi lui apportait-il un gros paquet de tabac qui fit briller de plaisir les yeux du matelot.

Il prit le paquet et le serra soigneusement dans un tiroir dont il retira la clé.

— Avec votre permission, dit-il, Monsieur, je le garderai pour le jour où je pourrai le fumer. Il n'en sera que meilleur.

— Le tabac vous est interdit à présent ? demanda Otto, étonné. Pourtant une pipe est un bon compagnon.

Le brave homme rougit sous sa couche de hâle.

— Voilà, dit-il. Quand j'ai vu que mon

pauvre maître était enfermé pour de bon, aussi sain d'esprit que vous et moi, sauf votre respect, je me suis juré de ne plus toucher à une pipe jusqu'à ce que je le revoie libre et heureux. Mais les années passent, soupira le matelot en inclinant sa tête grisonnante, et je ne sais plus rien. Peut-être M. Hozeranne, m'sieu Jacques, est-il mort... Je ne fume toujours pas. Au commencement, ça me privait beaucoup ; aujourd'hui, je me suis accoutumé à ne plus fumer.

— C'est très bien, fit Otto, que ce vœu intéressait moins en ce moment que l'existence du père de Simone. Mais parlez-moi de votre maître, Canadille : vous croyez donc qu'il vit encore ?

— Je vous ai dit que depuis des mois je n'avais plus de nouvelles, Monsieur. A nous deux, nous tâcherons d'en ravoir, mais sera-ce facile ? Maintenant, faut que je vous raconte l'histoire de par un bout.

— Vous avez raison, c'est ce que j'attends. Allez, je vous écoute.

Kiprianeff fit le geste de retirer de sa poche un étui à cigarette pour en fumer une, mais il se ravisa aussitôt : pourquoi tenter ce brave garçon qui persévérait dans sa privation volontaire ?

Canadille avait fini son repas ; il jeta un regard caressant aux pipes formant tableau contre le mur, toussa et commença son récit :

— Faut vous dire d'abord, Monsieur, ce que vous savez sans doute déjà : c'est que les deux messieurs Hozeranne ne sont... n'étaient pas frères de la même mère.

Pour moi, ça explique la différence de caractère des deux frères. Je ne les ai pas connus dans leur première jeunesse, mais j'ai su qu'ils s'aimaient, quoique leurs natures ne se ressemblaient pas. Autant M'sieu Jacques était vif, gai, espiègle, autant M'sieu César était sérieux, toujours fourré dans les livres et les écoles. Mais le meilleur des deux restait sans contredit le premier. Ah ! quel bon cœur, Monsieur ! Toujours prêt à rendre service, à faire plaisir aux autres. Quand j'ai été attaché à sa personne, il était alors lieutenant, marié à une femme tout plein gentille, et papa d'un amour de petite fille. M'sieu César, déjà médecin célèbre, était marié aussi. Vous connaissez sa dame. Il avait, bien entendu, son fils, puisque celui-ci est plus âgé que Mam'zelle Simone, ajouta Canadille. Et aussi une fille, Mam'zelle Hélène, continua l'ancien marin.

Une bonne enfant que son père aimait bien. Ça a été un malheur qu'elle se trouve dehors au moment où son oncle sortait, prêt à aller chasser.

— Mlle Simone était-elle avec sa cousine ?

— Non, par bonheur, elle n'a pas assisté à l'épouvantable scène. Elle n'a rien su, sinon que sa cousine était morte d'accident ; et puis, pour elle, d'autres morts ont suivi celle-là. Donc, mon maître, en congé pour quelques jours chez son frère, à la campagne, avait obtenu de m'emmener avec lui dans sa famille comme chaque année. Il sortait sur le perron, le fusil au bras, quand sa nièce, qui cueillait des fleurs sur la terrasse, lui cria :

— Oncle Jacques, rapporte-nous un lièvre.

— Ou plutôt il rentrera bredouille, fit M'sieu César, de la fenêtre ouverte où il regardait sa demoiselle, suivant tous ses mouvements avec amour.

— Qui sait ? chantonna mon maître, je reviendrai peut-être le carnier plein.

— Je voudrais voir cela ! dit malicieusement Mam'zelle Hélène.

M'sieu Jacques riait aussi.

— Ah ! c'est comme ça que tu doutes de ton oncle ! qu'il répondit gaîment. Attends, je vais te punir.

Et il faisait mine de la viser, avec son fusil.

— Jacques ! ne plaisante pas avec les armes à feu, imprudent que tu es ! cria le docteur, de sa fenêtre.

— Mon fusil n'est pas chargé ; sans cela le toucherais-je ? Et regarde si ta fille a peur. Hélène, tiens-toi bien : une, deux, trois...

— Oh ! oncle Jacques, je sais que tu décharges toujours...

La phrase commencée joyeusement ne s'acheva pas, coupée net sur les lèvres de la pauvre demoiselle.

Le coup était parti et pour de bon. Elle tombait raide morte au milieu de ses fleurs fauchées. Ah ! Monsieur, je verrai toujours ce tableau, quand je vivrais cent ans, moi qui suivais M'sieu Jacques en portant son carnier.

— Mon Dieu ! murmura Kiprianeff tout pâle ; quel horrible accident ! Comment ce malheureux a-t-il pu commettre une telle imprudence ?

— Depuis, reprit Canadille, on a inventé des fusils perfectionnés où l'on ne peut plus se tromper ; mais, à ce moment, mon maître se servait d'une arme depuis longtemps en usage dans la maison. Et puis, il faut bien l'avouer, notre pauvre Monsieur était un tantinet étourdi. Mais qu'il a durement expié sa faute !

— Je conçois qu'il en soit devenu fou, dit Kiprianeff avec émotion.

— Oh ! fou !... reste à savoir... Bref, voilà ce qui suivit... Ce spectacle était sous mes yeux : la demoiselle morte dans ses fleurs ; mon lieutenant pâle comme un cierge et planté là, droit devant elle, sans bouger... Et j'entendrai toujours le cri épouvantable poussé par le pauvre père.

— Il y avait de quoi...

— Comment il fut en bas du perron en quelques secondes, c'est ce que je ne peux pas comprendre ; il courut au parterre, nous écartant, mon maître et moi, pour toucher son enfant. Comme il est médecin, il a compris tout de suite que la pauvre demoiselle ne respirait plus. Dans la maison, personne ne s'agitait : on a tant coutume, à l'époque de la chasse, d'entendre décharger les fusils !... Tout à coup j'ai vu M'sieu Jacques remuer désespérément les bras, et me regardant avec des yeux de fou :

— Canadille, qu'il me cria, je suis maudit, maudit ! Je suis un assassin !... Va l'apprendre à ma femme. Je n'ai pas même pu tenter de le raisonner, Monsieur ; il était parti à travers le parc comme un chien traqué, en proférant des paroles insensées. Ce qui est arrivé ensuite, vous pouvez le deviner, Monsieur ; il y eut une scène de désespoir effroyable de la part de

M'sieu César, d'autant plus qu'on ne s'y attendait pas chez un homme généralement si maître de lui.

— Je le comprends. Et la mère ?

— La mère aimait beaucoup sa fille, Monsieur, vous le pensez ; seulement elle avait un faible pour son garçon, un infirme chétif et pas gai, je vous assure. Et puis elle adorait son mari, et la douleur de ce malheureux l'épouvantait. Elle eut peur de le perdre, lui aussi, et cette nouvelle inquiétude empêcha le chagrin maternel de l'emporter. Il fallut cacher l'accident à M'sieu Robert, trop faible pour supporter une pareille secousse.

— Bien. Maintenant, Canadille, parlez-moi du meurtrier involontaire.

— Mon pauvre maître erra, paraît-il, jusqu'au lendemain soir dans la campagne, où des paysans, sans le reconnaître, le trouvèrent à demi évanoui de faim, de faiblesse, de froid et de fièvre. Ces gens-là sont souvent idiots ; comme le pauvre Monsieur divaguait, ils l'ont cru fou et l'ont emmené au commissariat de police de la ville prochaine, et c'est de là que l'on fit parvenir des nouvelles à son frère.

— Que dit alors le docteur ? demanda Kiprianeff qui écoutait avidement.

— J'ai assisté à la scène, répondit Canadille, frémissant à ce ressouvenir. J'avais cherché en vain mon lieutenant toute la journée ; j'étais rentré harassé, pensant qu'il avait pris le train pour rejoindre sa dame à Cherbourg... Je ne me doutais guère de la vérité.

— Et puis ?

— Le docteur a juré sur le cercueil de sa fille que sa mort serait vengée. Sa femme avait beau essayer de le calmer en lui disant que M'sieu Jacques était aussi désespéré qu'eux de son horrible imprudence, M'sieu César ne voulait rien entendre. Il alla écrire quelques lignes sur une feuille de papier qu'il remit à l'envoyé de la police. J'ai su plus tard que dans cette lettre il priait les autorités d'enfermer son frère dans la maison de santé qu'il citait, promettant de payer pour lui une forte pension. Comme la parole du Dr Hozeranne, déjà célèbre, suffisait pour qu'on obéît sans conteste ; comme son avis ne pouvait guère être discuté, voilà comment mon pauvre maître fut enfermé chez un nommé Hestier.

— Où est situé son établissement ?

— Pas bien loin de Paris : à Herbeauvilliers, en Seine-et-Marne.

— Vous sauriez m'y conduire ?

Canadille ouvrit des yeux stupéfaits et montra piteusement ses jambes sans force.

— Elles sont trop avariées, répondit-il ; c'est tout juste si je peux m'en servir pour aller de chez moi à l'abbaye, et vous voyez comme c'est près. Comment irais-je si loin ? Et puis on ne me donne pas facilement des congés dans l'établissement ; il faudrait me faire remplacer...

— On payera un remplaçant.

Le marin regarda Kiprianeff avec attention.

— Vous tenez donc bien à aller là-bas, Monsieur ? demanda-t-il.

— Je tiens non seulement à cela, mais encore à sortir de cet enfer M. Jacques Hozeranne s'il y est toujours. De cela, vous ne pouvez me répondre ?

— Que non, Monsieur. Pensez donc qu'il y a six ans de cette histoire. Mon pauvre maître a eu le temps de mourir à la peine.

— Vous ne vous êtes donc pas occupé de lui ? Vous l'avez donc abandonné ?

— Dame ! Monsieur, je suis allé pour le voir plusieurs fois après la chose, mais on ne m'a pas permis d'entrer. Ah ! c'était dur, vous pouvez le croire, de sentir mon lieutenant derrière ces satanés murs sans arriver jusqu'à lui. Et il aurait eu de la joie à me voir quand même je ne lui apportais pas de nouvelles des siens.

— Pourquoi ne lui en auriez-vous pas apporté ?

— M'sieu le docteur m'avait fermé sa maison ; la pauvre dame de M'sieu Jacques venait de mourir en une semaine à Cherbourg, et la petite demoiselle Simone restant en puissance de tuteur, je ne pouvais plus ni voir personne ni demeurer dans un pays qui n'était pas le mien.

— Pour quelle raison le docteur vous défendait-il sa porte ?

— Dame ! Monsieur, il ne souffrait plus ceux qu'il savait attachés à son frère.

— Enfin, vous ne retourniez plus à Herbeauvilliers ?

— Puisque je n'y étais pas reçu, Monsieur, à quoi bon m'y rendre ?

— Pourquoi ne vous recevait-on pas ?

— On ne donne pas d'explications à un pauvre diable comme moi ; on lui dit carrément que ses visites seraient inutiles et qu'on a ordre de ne laisser voir personne au malade ; pas davantage.

— Et vous vous êtes soumis sans protester ?

— Ils sont plus forts que moi dans cette boîte, Monsieur. De qui pouvais-je me recommander ? Comment forcer la consigne ? Avec de l'argent j'aurais pu encore, mais je suis pauvre.

Le brave homme avait les yeux pleins de larmes en disant cela ; on devinait qu'il souffrait beaucoup de devoir abandonner son maître à son malheureux sort.

— Et les quelques fois que vous avez pu aborder l'établissement, que vous a-t-on dit de lui ?

— Rien, Monsieur, sinon qu'il avait le désespoir sur le visage et qu'il passait son temps à se promener de long en large dans son appartement ou dans le jardin sans jamais s'asseoir. D'où on le surnommait : « L'homme debout ».

— Mon Dieu ! si le malheureux n'était pas dément comme on le croyait, que devait-il penser en se voyant enfermé ?

— Sans doute, il ne croyait pas, d'abord, que ça durerait, s'imaginant qu'on ne l'avait conduit là que pour un temps, afin de lui éviter les ennuis du procès.

Mais plus tard, ça a dû être affreux. Et quand on lui a fait savoir la mort de sa dame, donc !

— Quelle maladie l'a emportée ?

— Une mauvaise fièvre. On raconte bien que si le Dr Hozeranne avait voulu la soigner, elle en aurait réchappé ; mais faut-y croire tout ce qui se répète ? Après tout, M'sieu César avait bien le droit de s'enfoncer dans son chagrin sans vouloir exercer son métier de quelque temps, même pour sa belle-sœur.

— Il n'est jamais allé voir le... prisonnier ?

— Ah ! Dieu, non, Monsieur, puisqu'il ne pouvait plus seulement entendre parler de lui et faisait brûler tous les portraits qu'il rencontrait de son frère. C'est un homme qui ne sait pas pardonner.

— Hélas ! murmura Kiprianeff.

— Vous n'êtes pas comme ça, au moins, vous, Monsieur ? demanda Canadille en regardant fixement son interlocuteur.

— Non, mon ami, rassurez-vous.

— Tant mieux ! fit le matelot, tant mieux ! Car alors la demoiselle sera heureuse avec vous.

Sans relever la réflexion qui montrait une certaine pénétration de la part de Canadille, Kiprianeff répliqua :

— Parlez encore de votre pauvre maître ; n'avez-vous rien appris de plus sur lui ?

— Si, Monsieur, mais pas lourd. Pour lors, j'ai interrogé un type de là-bas, moins rude que les autres ; il m'a affirmé que M'sieu le docteur paye pour son frère une pension de six mille francs à l'établissement d'Herbeauvilliers, six mille francs, Monsieur, pensez donc ! Mais, nom d'un tonnerre ! conclut le matelot éclatant tout à coup, de se voir emprisonné là-dedans lorsqu'on a peut-être le cerveau sain et qu'on n'a pas fait de mal, volontairement du moins, y a bien de quoi devenir enragé, pas vrai ?

— Pourquoi dites-vous : quand on a peut-être le cerveau sain. N'êtes-vous donc pas certain de la lucidité de votre maître, Canadille ?

— Eh ! Monsieur, quand mon lieutenant serait entré dans cette maison de malheur avec l'esprit à peine troublé, il y a six ans ; quand, après un moment de prostration, comme on dit, ou de fièvre... quasi chaude, rapport à ce qui venait d'arriver, il aurait repris son aplomb pour des mois, ne croyez-vous pas qu'au bout d'un an, de deux ans, de cinq, de six enfin de réclusion, il n'ait pas pu se trouver fou pour de bon ?

— Hélas ! oui, murmura Kiprianeff attristé. Ce malheureux n'avait donc pas un ami, pas un parent qui pût réclamer en sa faveur, le faire sortir de cet enfer, prouver enfin qu'il n'a jamais été fou et qu'une catastrophe seule a pu déterminer un égarement momentané ?

— Si vous croyez, Monsieur, que M'sieu le docteur a pris soin d'avertir les connaissances de son frère ! Le monde a cru le bruit qu'on répandait, voilà tout. Est-ce qu'on ne croit pas comme parole d'Evangile tout ce qu'affirme M'sieu César ? Il a dit que son frère avait le cerveau malade et que, dangereux pour son entourage, il devait être enfermé, on n'en a pas demandé davantage. Les amis, eux, ont cru comme les autres ; les camarades de bord ne sont pas venus voir jusqu'à Herbeauvilliers si la chose était vraie. Quant à la petite demoiselle, vous voyez bien qu'on lui a inventé que son papa était mort.

— Mon bon Canadille, dit Kiprianeff en se levant, de l'heure où Mlle Simone et moi nous aurons besoin de vous pour l'œuvre libératrice que nous méditons, vous redeviendrez le serviteur des Hozeranne et vous aurez une vie plus agréable que celle que vous menez.

— Si seulement ces coquines-là étaient encore bonnes à quelque chose ! soupira le matelot en jetant un regard de rancune à ses jambes ankylosées.

— En tous cas, vos indications me sont précieuses, mon brave Canadille, et, de ce pas, je vais me rendre à Herbeauvilliers...

— Chez le médecin des fous ?

— Chez lui-même.

— Mais on n'entre pas comme ça dans cette satanée boîte.

— Je ne l'ignore pas et j'userai de ruse. Bonsoir et bonne chance, Canadille ; vous êtes un brave homme : voulez-vous me donner la main ?

Rougissant de plaisir, l'ancien marin avança une grosse main calleuse que le jeune Slave serra dans ses doigts fins.

CHAPITRE III

— Veuillez remettre ce billet à M. le Dr Hestier, j'attendrai sa réponse.

Et Kiprianeff tendit un pli au concierge qui lui avait ouvert la grille.

Pendant que cet homme remplissait sa mission, il resta immobile, regardant non sans émotion les vastes bâtiments qui s'étendaient en rectangle de l'autre côté de la pelouse d'entrée.

Voici donc les murailles derrière lesquelles se continuait le mystère qu'il cherchait à percer ! Dans quelques instants il saurait.

Oui, il saurait, car il veut savoir si le père de Simone vit encore, et, en ce cas, s'il est réellement fou.

Son plan pour pénétrer dans cette maison, fermée d'habitude aux étrangers, avait réussi jusqu'à présent.

Par des camarades, ou même des employés de la Faculté, il avait, en manœuvrant prudemment, fini par savoir que le professeur Schüler était lié avec le Dr Hestier, dont on connaissait, d'ailleurs, quelques travaux sur l'aliénation mentale.

Sans être fat, Kiprianeff savait que son seul aspect prévenait plutôt en sa faveur.

Il avait l'air d'un homme, non seulement distingué, du meilleur monde, mais encore d'un homme sérieux et profond.

Rien ne lui fut dès lors plus facile que de narrer au savant, qui le connaissait comme un de ses bons élèves, un conte inventé pour la circonstance : il avait l'intention lointaine, lorsqu'il aurait ses diplômes, de fonder dans son pays une maison de santé pour les fous ; il avait entendu parler avec éloge de l'asile d'Herbeauvilliers, près Paris ; il serait heureux qu'un prince de la science lui donnât une lettre d'introduction auprès du directeur de cet établissement qu'il désirait vivement visiter.

Et le célèbre professeur s'était exclamé :

— Herbeauvilliers ? rien de plus facile, le directeur étant un de mes bons amis.

Et aussitôt il lui avait écrit les quelques lignes de recommandation désirées.

Le concierge revenait, chargé d'une réponse affirmative :

— Si Monsieur veut me suivre !...

A peine Otto fut-il introduit au salon que le directeur parut. Tout de suite, après les salutations, il commença :

— J'aurais grand désir, Monsieur, de visiter votre établissement ; on m'a vanté son organisation dont j'ai l'intention de m'inspirer plus tard pour en fonder un similaire dans mon pays.

— L'envoyé de mon éminent ami Schüler est le bienvenu. Quoique je ne doive pas, par discrétion professionnelle, permettre à des étrangers de pénétrer dans mon établissement, je dérogerai à cette règle en votre faveur, Monsieur, à cause du but que vous poursuivez. Vous êtes, d'ailleurs, vous-même presque un confrère, à ce qu'on me dit, et c'est là une autre circonstance atténuante pour mon incorrection.

Otto sourit :

— Je n'ai pas encore mes diplômes de docteur, fit-il ; pour des raisons personnelles j'ai dû me mettre un peu tard à la médecine.

— Et vous désirez fonder un asile pour aliénés en Russie ?

— En Pologne, Monsieur ; je suis Polonais. J'y aurai malheureusement pour premier client un parent éloigné, un doux monomane, qu'en attendant je ne serais pas fâché de placer dans un établissement bien tenu.

Le Dr Hostier ne pouvait voir que d'un très bon œil cet étudiant étranger qui se présentait sous les auspices de son ami Schüler. Mais s'il avait eu quelque hésitation encore après cela, il l'aurait certainement perdue devant la perspective de recevoir un nouveau pensionnaire sans doute riche.

— Mon parent, continuait Kiprianeff, est à peu près seul au monde ; il n'a que moi pour s'occuper de lui. Je le voudrais à l'abri dans un établissement comme le vôtre, où il trouverait des égards, un bon service, même des compagnons de jeu. Vous avez, paraît-il, de petits appartements isolés, dans lesquels un demi-malade peut vivre chez lui agréablement.

— Très bien ; à chacun d'eux est attaché un beau jardin où ces pensionnaires peuvent se promener sans être en contact avec les véritables fous.

— Enfin, je verrai tout cela en parcourant l'établissement.

— Rien de plus facile, en effet, fit le directeur en précédant son hôte dans la première cour. Cependant, permettez-moi de me faire remplacer auprès de vous par mon second, j'ai trop d'occupations en ce moment pour vous accompagner, malgré tout mon désir de vous montrer moi-même la maison en détail.

Otto salua légèrement et répliqua :

— Votre aide suffira très bien à me faire visiter le peu que je désire voir.

A l'ordre du directeur, le second médecin vint se mettre à la disposition de M. de Kiprianeff. L'aliéniste le pria de s'empresser particulièrement auprès de ce visiteur qui lui était recommandé par un collègue éminent.

Il n'en fallut pas davantage pour que le jeune docteur, d'ailleurs nature bonne et réjouie, se fît aimable et zélé.

Ainsi tout concourait pour assurer le succès de sa démarche, et Kiprianeff se disait, le cœur battant :

— Enfin, je vais rencontrer le père de Simone ! Que Dieu me permette de procurer un peu de joie à ce malheureux !

Avec son nouveau compagnon, dont la perspicacité semblait peu à craindre, il continua de jouer sans difficulté le rôle de confrère en même temps que de riche étranger désireux de faire soigner à Herbeauvilliers un parent malade.

Il expliqua même le cas de monomanie de son cousin : un pauvre homme, figurez-vous, qui a seulement le « tic » de se croire enfermé à tort, et qui marche constamment, sans s'arrêter, à tel point que ses paysans et ses gens ne l'appellent que le « seigneur qui marche »...

— Le seigneur c'est-à-dire l'homme qui marche ?... Etrange coïncidence ! Nous avons ici le sosie de votre cousin, l' « homme debout », comme on le nomme ici, s'écria le jeune médecin. Chose bizarre, c'est exactement le même cas d'aliénation mentale, peu dangereuse, d'ailleurs. Notre « homme debout » habite au milieu de nous depuis six années environ.

— Il doit être effroyablement maigre.

— Pas trop, répondit l'aide, car il a bon appétit et dort bien.

— Tout comme mon parent, c'est absolument le même cas, fit Otto, feignant d'admiration. Moi qui croyais la chose très rare, exceptionnelle ! Et l'autre monomanie, l'a-t-il aussi ?

— Laquelle ? Une suffit déjà.

— Celle, plus commune il est vrai, chez les fous, de se dire enfermés par la méchanceté de leur famille ?

— En plein ! Que de mois il nous a répété cette ritournelle ! répondit bénévolement l'aide ; mais, depuis quelque temps, il ne rabâche plus son éternel refrain. Il ne parle même plus du tout. Jamais un mot à personne.

— Quoi ! devenu muet ?

— Non ; il boude tout simplement.

— Il n'a jamais été furieux ?

— Si, il y a environ cinq ans ; je crois qu'il espérait rentrer dans sa famille, et que, voyant son espoir déçu, il s'est affolé. Un jour, même, il a failli se tuer.

— Et puis ensuite il s'est résigné ?

— Probablement, ou bien les douches l'auront calmé, répondit l'interne avec indifférence.

— Il n'a pas cherché à s'enfuir ?

Le jeune médecin sourit en montrant du doigt les hautes murailles et les portes verrouillées.

— Il est intelligent ; il a compris que toute tentative d'évasion demeurerait inutile. Regardez donc comme ils sont bien enfermés.

— Et il ne guérit pas ?

Le jeune homme parut embarrassé.

— C'est que, voyez-vous, répliqua-t-il en jouant avec le trousseau de clés qu'il tenait, nous avons plusieurs pensionnaires qui, chez nous, sont doux comme des moutons, paraissent aussi sains d'esprit que vous et moi, et qui, une fois chez eux, se livreraient à mille extravagances.

— Je comprends cela. Ici, la vie tranquille et monotone les assagit ; ailleurs, ils seraient fortement agités. Mais je serais curieux de le voir, votre « homme debout », et de le comparer avec mon infortuné parent.

En ce moment ils traversaient la section des

pensionnaires payant peu et, par conséquent, ne jouissant d'aucun luxe, tout au plus d'un bien-être relatif.

Avec l'insouciance d'un homme accoutumé journellement à ce spectacle, l'aide regardait ces malheureux d'un œil serein, presque indifférent ; Otto les considérait avec une infinie pitié, mais passait vite, ayant hâte d'arriver jusqu'à M. Hozeranne. En route, il dit :

— Ils sont fort bien installés, tous ceux-là ; je juge par eux du confortable que vous réservez à vos malades riches. La maison que je veux fonder plus tard s'adressera surtout à cette catégorie de clientèle.

— Nous atteignons à leur quartier, fit l'interne en montrant à une centaine de mètres en avant d'eux un bâtiment isolé entouré d'un jardin particulier que fermait une grille. Justement vous trouverez notre « homme debout » dans cette habitation. Vous pourrez vous rendre compte ainsi par vous-même s'il ne ressemble pas à votre parent.

— Son cas m'intéresse à coup sûr, dit Otto, dissimulant à grand'peine sa joie.

Mais le médecin s'arrêta un moment, avec une pointe d'hésitation.

— Je pense que M. le directeur ne trouvera pas mauvais que je vous le laisse apercevoir.

— Qu'est-ce que cela peut faire ?

— Dame ! les familles de nos clients n'aiment pas, et à juste titre, qu'on voie les malades qu'elles nous confient ; il y a ici un secret professionnel...

— Qui n'est plus de mise avec moi, interrompit Kiprianeff : en ma qualité d'étranger je ne connais pas les familles que vous dites ; et puis, entre confrères futurs...

— Très bien. Vous allez donc voir notre monomane, mais ne vous figurez pas que vous pourrez le faire causer, le malheureux ! il ne vous répondra pas.

— Il n'a pourtant pas oublié le français ?

— Ma foi ! je ne sais si cela s'oublie en si peu de temps ; bref, depuis environ vingt mois ses lèvres restent closes.

— Cela n'a rien d'étonnant si les jambes agissent tant chez lui, fit observer Otto, essayant de rire.

Tandis que l'interne s'apprêtait à ouvrir une porte grillée récalcitrante qu'ils venaient d'atteindre, Kiprianeff sortit un papier de son portefeuille, y inscrivit rapidement quelques lignes, y joignit une photographie de format moyen et fit du tout un petit paquet.

A tout hasard, il préparait un message consolant pour le père de Simone.

Justement les deux jeunes gens entraient dans la catégorie des malades pacifiques et payant la pension la plus élevée. Ceux-ci étaient correctement habillés et se promenaient dans leur petit jardin personnel.

Quelques-uns lisaient, tout comme s'ils eussent eu leur tête à eux.

Un vieillard déclamait des poésies ; un adolescent chantait en s'accompagnant au piano.

— Nous voici chez « l'homme debout », fit soudain l'interne en introduisant son compagnon dans un nouveau logement, clair, presque gai, précédé d'un jardin où marchait sans s'arrêter un malade à pas lassés.

Otto tressaillit et se redressa ; c'était le moment de montrer beaucoup de présence d'esprit.

« L'homme debout » leur tournait le dos à cet instant ; arrivé à l'extrémité de l'étroit espace consacré à ses singulières promenades, il fit volte-face et continua de marcher, sans voir les visiteurs.

Devinant une certaine émotion sur le visage de l'étranger, l'interne dit :

— Ne vous effrayez pas ; il n'est pas méchant le moins du monde.

Otto ne protesta pas ; mieux valait qu'on le crût épeuré.

— Alors, je puis lui parler ? demanda-t-il avec un petit frisson bien simulé.

— Essayez, mais vous n'obtiendrez pas de réponse.

L' « homme debout » les avait aperçus ; avec indifférence il regarda l'interne, mais ses yeux se portèrent avec une attention particulière sur Kiprianeff.

Evidemment, la beauté supérieure de cet étranger le frappait, car il ne se souvenait pas de l'avoir jamais vu ; ou bien, par cette sorte de magnétisme bizarre qui émane de certains êtres, sentait-il que cet homme était lié à sa vie ou à la vie des siens d'une façon spéciale.

Mais il ne prononça pas une parole et n'arrêta pas sa promenade.

Otto se plaça résolument à côté de lui et régla son pas sur le sien.

— Si vous le faites causer, je vous paye un merle blanc, dit l'interne en riant.

— Qui sait ! dit Kiprianeff sur le même ton.

Et pendant que le jeune médecin interrogeait le gardien qui se plaignait de trouver son malade plus triste et plus affaissé depuis peu, Otto, voyant qu'il n'avait pas de temps à perdre, murmura assez bas :

— Monsieur Hozeranne, vous plairait-il de marcher un peu plus vite afin que nos compagnons ne nous entendent pas ?

L' « homme debout » tressaillit, et, cette fois, regarda en face celui qui lui parlait.

Otto reprit :

— De grâce, Monsieur Hozeranne, ne manifestez pas d'étonnement ; marchons et causons vite, que je vous communique en deux mots ce que votre fille m'envoie vous dire.

Le prétendu fou chancela et porta la main à son front.

— Ma fille ? bégaya-t-il.

— Oui ; Mlle Simone.

Ce disant, Kiprianeff prenait le bras d'Hozeranne, et, sans en avoir l'air, le remettait en marche dans le jardinet.

Pendant ce temps, le gardien répétait à l'interne :

— Quand je vous disais, M'sieu le docteur, que mon malade n'est pas dans son assiette ordinaire, le voilà qui titube.

— Qu'a-t-il ? fit le jeune médecin, assez haut.

Otto se retourna, feignant de prendre la question pour lui, et souriant :

— Vous le voyez, docteur, je m'aguerris. Votre « homme debout » est pris d'étourdissement et c'est moi qui le soutiens. D'ailleurs, avec ce système d'exercice, jamais coupé de repos, cela doit lui arriver souvent.

— Jamais, au contraire, et je m'étonne...

Mais Kiprianeff ne l'écoutait plus. Entraînant Hozeranne, il murmura de façon à n'être entendu que de lui :

— Dites-moi, Monsieur Hozeranne, vous avez conservé toute la plénitude de votre raison, depuis que vous êtes entré ici ?

Le prétendu aliéné avait eu le temps de se ressaisir, et, malgré l'intense surprise que lui causait cette rencontre si inattendue, il répondit :

— Je sens à présent que je suis encore en possession de toutes mes facultés ; mais voilà six années que je pleure ma liberté perdue, que je suis enfermé dans ce tombeau dont personne ne songe à me délivrer. Quelques jours de plus, je crois, et je devenais fou pour de bon, car j'ai traversé des périodes désespérées où j'ai failli mourir ou tomber dans la démence furieuse.

Un chose me soutenait encore : la pensée que ma fille, devenue grande, s'occuperait de moi.

— C'est le cas qui se présente ; la pauvre enfant ignorait votre sort jusqu'à hier.

— Elle me croyait mort ?

Oh ! parlez-moi d'elle.

— Elle est adorablement bonne et belle : tout à l'heure, si je le puis, je glisserai dans votre poche sa photographie ; mais soyons prudents.

Le médecin et le gardien étaient tout proches ; le premier demanda à Otto :

— Que vous dit-il ?

Très gravement, le Polonais répliqua :

— Il m'offre la main de sa fille.

— Au fait, les rares fois où on l'entend parler, c'est pour prononcer le nom de cette demoiselle.

Souriant, Otto reprit :

— Attendez, je vais lui répondre et abonder dans son sens. Ce malade me rappelle décidément tout à fait mon parent ; comme c'est curieux !

Se retournant, il continua, en s'adressant cette fois à Hozeranne :

— Mais comment donc, cher Monsieur, je suis très honoré et on ne peut plus heureux de devenir votre gendre ; j'aime Mlle votre fille et je vous jure qu'avec moi tous ses désirs seront accomplis.

Hozeranne n'entrait guère dans son rôle, lui, le pauvre homme, car il considérait avec stupéfaction Kiprianeff, qui, tout en parlant, lui serrait le bras avec éloquence afin de lui faire entendre que, sous leur apparence de comédie, ses paroles étaient vraies.

— Vous reverrez avec nous de beaux jours, cher Monsieur, poursuivit-il, et tous vos chagrins passés seront oubliés.

Puis, feignant d'en avoir assez et comprenant que l'on trouverait bizarre une plus longue séance, il fit une brusque volte-face qui dérouta l'interne et le gardien et qui lui permit d'intégrer un petit carton dans la poche béante du veston d'Hozeranne.

Il put également lui dire tout bas :

— Ayez la patience de ne regarder cela que lorsque vous serez seul. Ensuite, ayez confiance, mais ne vous attendez pas à une très prompte solution ; nous devons agir lentement et prudemment pour arriver à bonne fin.

L'interne était là, agitant ses clés ; Otto fit au malade un profond salut, exagéré à dessein, et murmura :

— Enchanté, Monsieur, d'avoir fait votre connaissance...

Hozeranne, hébété par la joie, ne lui rendit pas sa politesse et le regarda s'éloigner avec le jeune docteur, pensant :

— Dieu a enfin écouté ma prière ; je reverrai mon enfant.

Kiprianeff abrégea dès lors sa visite : il savait ce qu'il voulait savoir.

Heureusement que l'interne ne pouvait concevoir le moindre soupçon de ce qu'il était venu réellement faire, sans quoi il l'eût singulièrement fortifié par la remarque qu'il se fit que l'étranger paraissait tout à coup bien pressé de s'en aller.

Ce jour-là, l' « homme debout » feignit une grande lassitude et se retira de si bonne heure dans sa chambre que le gardien se dit, une fois de plus :

— Je crois que mon malade couve une fièvre; depuis ce matin y n'a pas la même figure. Ça serait ennuyeux qu'il m'échappe, c'est un bon zig qui ne me donne pas de peine, et j'aurais peut-être, après lui, la charge d'un grand diable difficile à calmer.

Pourtant, cette fièvre laissait l' « homme debout » si calme, que le brave gardien crut pouvoir s'offrir une petite sieste pendant que son « client » feignait le sommeil.

Alors seulement, ne craignant plus d'être surpris, Hozeranne tira de sa poche le précieux petit paquet qu'y avait glissé son mystérieux visiteur.

Il découvrit la photographie de Simone, faite récemment et très ressemblante, jolie à miracle, par conséquent.

Il crut y retrouver les traits de sa femme, la chère morte, à l'époque où il l'avait épousée ; et il pleura en la baisant cent fois.

— Comme elle est belle, ma fille chérie ! répétait-il, ne cessant d'y appuyer ses lèvres que pour la contempler à nouveau.

Sans le petit carton qui lui restait entre les mains, Jacques Hozeranne aurait cru n'avoir fait qu'un rêve délicieux.

Mais quand il demandait à son gardien, stupéfait de l'entendre causer maintenant :

— N'est-ce pas, Joseph, il est bien venu ici aujourd'hui un grand jeune homme à l'accent un peu étranger ?

— Que oui, Monsieur, répondait le brave garçon, même que c'était un beau gaillard, et chic, comme on n'en voit pas souvent chez nous.

Le soir venu, le prétendu fou, demeuré seul ou à peu près, se jeta à genoux au pied de son lit, et jamais plus fervente prière ne s'exhala vers le ciel d'un cœur reconnaissant.

CHAPITRE IV

Kiprianeff, qui avait en Mlle Hozeranne une élève intelligente à la mémoire peu ordinaire, lui avait enseigné assez de russe pour qu'elle comprît le court billet qu'il lui adressa à la suite de sa visite à Herbeauvilliers :

« Ma fiancée bien-aimée,

« Grâce à Dieu, j'ai réussi du premier coup dans mes tentatives. J'ai d'abord trouvé votre ancien serviteur Canadille, au gîte. Ce brave homme qui vous garde, à vous et à son lieutenant, un souvenir fidèle, m'a appris ce qu'il savait sur le drame qui remonte à plus de six ans et dont nous ne connaissions pour ainsi dire rien. Il m'a donné ensuite de précieuses indications, sur lesquelles je me suis rendu vous devinez où. J'ai pu pénétrer dans l'établissement, voir votre père et même me promener un instant avec lui. Oh ! Simone, de votre part je lui ai glissé de la joie et de la consolation pour plus d'un mois. Ne pouvant vous en dire davantage ici, je vous prie de me désigner un endroit quelconque, jardin public ou salle de concert à votre choix, où nous nous entendrons pour la marche à suivre désormais.

» Très respectueusement je vous baise les mains.

» K... »

En lisant cette missive qu'elle eut quelque mal à traduire, Simone éprouva une palpitation si violente qu'elle crut défaillir.

Mais en même temps une joie délicieuse envahit son âme jeune et confiante.

Joie de penser que son père, si longtemps mort pour elle, non seulement vivait mais avait gardé toute sa saine raison.

Joie de l'avoir retiré de l'abîme de douleur désespérée où il demeurait, pour lui rendre la foi en l'avenir.

Joie enfin de sentir que Kiprianeff l'aimait assez pour travailler envers et contre tout à cette tâche dangereuse de délivrer et réhabiliter le prisonnier aux yeux de la société.

Elle lui répondit le jour même, mais dans sa langue :

« Mon ami,

» En vérité, vous ne pouviez mieux me témoigner votre affection qu'en agissant comme vous l'avez fait, avec prudence, tact, et surtout avec une merveilleuse intelligence. Je compte bien vous remercier de vive voix, mais, en attendant, je le fais au moyen de ce pauvre et froid papier, du fond de mon cœur dont vous saurez mesurer la gratitude. En effet, nous ne pouvons guère nous concerter qu'en nous donnant rendez-vous au su et vu de tout le monde, et de façon à pouvoir, malgré cela, parler confidentiellement. Voici ce que j'ai pensé et mûri : nous rentrons à Paris demain, et j'en suis heureuse, vous le devinez. J'obtiendrai de ma tante — vous savez combien, ainsi que mon oncle, elle me laisse la liberté complète de mes actions — qu'on me donne une dame de compagnie pour sortir, la maladie de mon cousin Robert retenant Mme Hozeranne du matin au soir au logis. Or, j'ai justement en vue une excellente personne qui m'est dévouée (je lui ai rendu service dans le temps), et qui me tiendra lieu de chaperon dans mes courses. Ce n'est guère l'époque des concerts ; toutefois, j'en sais un qui sera donné à la salle Erard dans une huitaine de jours, en faveur d'un artiste désireux de se faire connaître. Je me procurerai trois billets : un pour moi, un pour ma dame de compagnie ; le troisième sera pour vous, afin que vous occupiez le fauteuil à côté de moi. Nous pourrons donc causer, surtout en arrivant de bonne heure à nos places, et vous me direz ce que je brûle d'entendre touchant mon malheureux père. Adieu, mon ami, mon fiancé, et merci éternellement.

» SIMONE HOZERANNE. »

Elle voulut signer de toutes les lettres de son nom ; elle ne commettait aucun mal en écrivant à celui qui devait être son époux, qui l'était déjà dans son cœur et devant Dieu, et elle n'avait pas honte de faire une démarche mille fois expliquée par les circonstances.

La semaine passa pour elle dans une agitation indescriptible qu'elle cachait le plus possible aux yeux de la famille Hozeranne.

D'ailleurs, personne ne songeait à contrôler ses faits et gestes ; outre qu'on avait foi en sa fière honnêteté, tous étaient trop occupés pour cela.

Comme elle l'avait écrit à Kiprianeff, ils avaient d'autres sujets d'inquiétude : le docteur savait son fils bien malade et le soignait de son mieux ; Mme Hozeranne ne le quittait ni jour ni nuit, les serviteurs étaient sur les dents, obligés de veiller à tour de rôle, en plus de leur besogne habituelle.

Simone était donc entièrement libre d'aller et venir à sa guise. Sa tante ne demanda pas mieux que de la remettre entre les mains d'une personne de confiance. Mme Obernier se trouva là à point nommé ; on l'avait recommandée à Simone comme une personne digne d'intérêt qui ne parvenait point à trouver dans cet immense Paris où s'engouffrent tant de misères la position la plus modeste.

C'était donc une heureuse sinécure pour la pauvre créature que la charge d'accompagner Mlle Hozeranne qui la traitait avec égard et la rétribuait largement.

En tout autre temps, Simone se fût attristée de l'état de Robert qui était vraiment malade. Aujourd'hui elle ne pouvait plaindre qui que ce fût des Hozeranne, à la pensée que ces gens-là étaient les bourreaux de son père ; injuste même, elle enveloppait avec les parents, dans sa rancune, le fils innocent de la faute ; à peine le voyait-elle une ou deux fois par jour, et encore par pitié, répondant à peine à ses questions pressantes, tandis qu'il dardait sur elle son regard enfiévré de malade qui s'en va. Et plus elle lui paraissait indifférente, plus le malheureux souffrait, ressentant de lancinantes douleurs dans la région du cœur.

M. et Mme Hozeranne étaient trop préoccupés de leur fils pour remarquer l'attitude de leur nièce ; ou, du moins, si la tante y prenait garde, elle pensait :

— Il ne peut en être autrement, maintenant qu'elle sait la vérité. Maudite soit la fête où nous l'avons conduite et où elle a tout appris !

Simone ne déjeunait ni ne dînait plus avec eux ; son oncle mangeait rapidement à part, afin de consacrer à Robert tout le temps dont il disposait en dehors de ses travaux et de ses malades, et Mme Hozeranne prenait tous ses repas dans la chambre de son fils.

Mlle Hozeranne eut donc toute facilité de se rendre au concert donné le dimanche en matinée. Lorsqu'elle entra dans la salle encore vide, elle eut un battement de cœur en apercevant Kiprianeff déjà en place, mais de façon à tenir les yeux fixés sur la porte d'entrée.

Quand il la vit, au lieu de courir à elle ainsi qu'il en brûlait d'envie, afin de sauvegarder les convenances, il l'attendit et ne la salua que lorsqu'elle eut gagné sa place, à côté de lui.

Mme Obernier ne s'étonna pas trop de voir la jeune fille dont elle avait la garde tendre sa main au shake-hand de cet étranger : elle savait que Mlle Hozeranne, allant fréquemment dans le monde, y avait beaucoup d'amis.

— Voici Mme Obernier, une vieille amie, dit soudain Simone, présentant gracieusement la dame de compagnie. N'est-ce pas, je vous ai parlé d'elle ?

Rouge d'émotion, la veuve reçut le salut d'Otto, aussi respectueux que s'il eût été adressé à une douairière ; du coup elle fut conquise.

— Ne vous étonnez pas de nous entendre causer tout le temps du concert et en allemand, reprit Simone qui semblait très animée ; j'ai à conférer avec Monsieur (elle ne prononçait pas son nom) au sujet des miens.

— Ah ! je comprends : Monsieur est un médecin étranger que vous voulez consulter pour votre malheureux cousin si malade, chère enfant, fit naïvement Mme Obernier qui avait l'innocent travers de paraître tout deviner.

— Justement, et un si bon médecin ! répondit Simone en regardant Otto avec admiration.

— Oh ! ces docteurs allemands ont un coup d'œil, un diagnostic ! reprit la dame de compagnie.

Simone prit la balle au bond.

— Aussi je vous recommande de ne pas parler de cette rencontre devant mon oncle ou ma tante, fit-elle vivement. Vous comprenez...

Ceci conclu, et tandis que la jeune fille passait un journal à l'excellente femme pour l'amuser en attendant le concert, les deux jeunes gens entamèrent une conversation en langue allemande que Mme Obernier n'entendait pas et dont Kiprianeff fit presque tous les frais.

Il raconta d'abord à Mlle Hozeranne sa visite à Canadille, et la jeune fille se sentit venir les larmes aux yeux quand il lui répéta presque mot pour mot le récit du brave homme.

Puis vint le voyage à Herbeauvilliers, et elle but les paroles qui se pressaient sur les lèvres de son fiancé, regrettant cent fois de n'avoir pas été à sa place chez le Dr Hestier, le jalousant presque pour cela.

Le concert, qui commença, les interrompit, et, pendant une grande heure, pour la première fois de sa vie, Simone maudit la musique.

A l'entracte ils reprirent leur entretien, mais avec d'autant plus de prudence cette fois que, des fauteuils voisins, des personnes, comprenant l'allemand, pouvaient les entendre.

Mais le ciel était pour les défenseurs de Jacques Hozeranne, sans doute, car les deux fiancés eurent la chance de ne voir aucun visage de connaissance.

Ainsi Kiprianeff put tout apprendre à Simone et suivre le reflet de ses émotions successives sur sa figure menue, amaigrie depuis quelque temps.

La séance finit, et ils laissèrent s'écouler la foule afin de se ménager encore quelques minutes de tête-à-tête.

Ils n'avaient pu former de plan ; l'affaire était trop grave pour se traiter légèrement.

Chacun réfléchirait de son côté et ils se communiqueraient le résultat de leurs réflexions.

Otto dissuada également Simone d'écrire à son père ; cette correspondance soudaine éveillerait la méfiance et ne ferait que rendre plus serrées les chaînes retenant le malheureux à sa prison.

Enfin ils durent se séparer, la salle s'étant presque vidée. Simone abandonna une minute ses petites mains souples à son fiancé qui les serra avec une éloquence passionnée.

Il s'éloigna du côté de la rue Montmartre et elle monta en voiture avec Mme Obernier, qui, pendant le trajet de la rue du Mail à la rue Daunou, respecta son silence.

Triste, Simone songeait.

Seulement, quand on arriva à la porte de l'hôtel Hozeranne, Mme Obernier osa demander :

— Eh bien ! avez-vous réussi dans vos tentatives ? Ce jeune médecin, placé sûrement à côté de vous aujourd'hui par la Providence, espère-t-il sauver votre pauvre cousin ?

Rougissante à l'idée de tromper cette brave créature, elle qui n'avait jamais menti, Simone Hozeranne répliqua vaguement :

— Ces choses-là ne se concluent pas si vite, et nous en sommes encore à chercher un moyen d'agir sans qu'on s'en doute.

CHAPITRE V

Ils s'étaient écrit plusieurs fois, sans pouvoir établir aucun plan réalisable.

Simone avait conseillé à Otto de pénétrer dans l'établissement du Dr Hestier sous un déguisement quelconque, de s'engager comme aide, de débaucher un interne, de semer l'or parmi les gardiens afin de les corrompre et de faciliter ainsi une évasion au prisonnier.

Très sagement, Kiprianeff lui avait démontré l'impossibilité matérielle de tous ces desseins.

Lui-même, à cause de sa taille élevée et de sa tournure, était trop facile à trahir.

Gagner l'interne à leur cause devenait aussi dangereux, quelque intérêt que le jeune docteur eût témoigné à son prétendu confrère, quelque protection puissante que celui-ci eût fait miroiter à ses yeux.

Non, c'était jouer trop gros jeu que d'employer cet homme sur lequel, d'ailleurs, on ne connaissait rien de précis.

Se servir de Canadille ne semblait guère plus aisé.

Après mille tergiversations, ne voyant aucune issue pour sortir de cette douloureuse impasse, sentant que le malheureux séquestré devait se décourager en comptant les jours qui s'écoulaient, Mlle Hozeranne écrivit à Kiprianeff :

« Je ne trouve plus, mon ami, qu'un moyen de nous sortir d'embarras ; c'est que j'aille supplier mon oncle de faire taire sa rancune et de rendre mon père en même temps à la liberté et à ma tendresse.

» Quelle attitude montrera-t-il devant la fille de sa victime ?

« Comment son cœur ne s'amollirait-il pas, alors qu'il sent son fils lui échapper, le mal dont cet enfant si cher est atteint résister aux remèdes les meilleurs et rendre vaine toute sa science ?

» J'ai le ferme espoir de réussir. Vous me savez persuasive lorsque je le veux, et cette fois, *je le veux* absolument.

Adieu, ami ; Inutile de me répondre, je sais que vous m'approuvez.

» Je ne vous parle point de nous, ami ; vous me connaissez, vous savez que ma pensée et mon cœur se partagent jour et nuit entre mes deux chères tendresses : mon père et mon fiancé. »

. . . .

Kiprianeff n'avait pas grand'foi en l'accès d'indulgence si bien prévu et attendu par Simone, de la part du docteur. Mais il pensa qu'il faudrait toujours en arriver à essayer de ce moyen ; d'ailleurs, il n'avait plus le temps d'arrêter la jeune fille. Il souhaita donc ardemment ce lendemain qui devait lui apporter peut-être une grande joie ou, plus probablement, une déception nouvelle.

Ce ne fut pourtant pas Mlle Hozeranne qui alla trouver son oncle, mais bien celui-ci même qui la fit appeler dans son cabinet d'où il avait renvoyé son dernier malade.

Un peu étonnée de se voir devancée, Simone y parut, telle que, huit mois auparavant, dans sa petite robe de pensionnaire, elle s'était présentée à lui.

La voix de son oncle, singulièrement troublée et changée, la tira de ses réflexions.

— Ma nièce, lui disait-il, voilà une demi-année que nous vous possédons, et je crois... que vous n'avez pas à vous plaindre de votre tuteur ; je vous laisse une entière liberté, je ne contrôle jamais vos actes ; vous faites ce que bon vous semble, dépensez ce qui vous plaît...

Pendant une seconde il attendit un remerciement qui ne vint pas, et il reprit en soupirant :

— Vous nous témoignez peu d'affection...

Soudain il s'arrêta en voyant augmenter la pâleur de Simone et trembler la main qu'elle appuyait sur le bureau.

En même temps, elle relevait la tête avec énergie, et, ses yeux verts fixés sur le coupable, elle répliqua, la voix coupante :

— Puis-je témoigner de la tendresse à ceux qui brisent une vie qu'ils devraient protéger?...

Il se méprit à ces paroles et l'interrompit :

— Ah ! oui, c'est à Otto de Kiprianeff que vous faites allusion ; à cet enjôleur de femmes qui ne pense déjà plus à vous à l'heure qu'il est, et que vous êtes bien... naïve de ne point encore avoir oublié.

— Je n'oublierai jamais Otto de Kiprianeff parce qu'il ne le mérite pas, répliqua-t-elle.

— Vous l'aimez à ce point ?

— Oui, dit fermement la jeune fille, la tête noblement relevée.

Une lueur sauvage, féroce, filtra entre les paupières du docteur ; mais il n'eut pas le temps de lancer la méchanceté préparée, car sa nièce poursuivit implacablement :

— Ce n'est pas à mon futur mariage avec Otto de Kiprianeff que je faisais allusion en vous parlant d'une existence dont vous vous êtes fait le bourreau.

— Et de laquelle donc ? riposta Hozeranne, tout à coup mal à l'aise.

Simone se pencha un peu sur la table, et jeta à la face de son oncle :

— Qu'avez-vous fait de mon père ?

Il rougit brusquement et les veines de son front se gonflèrent comme si la congestion le guettait, car il ne s'attendait certes pas à ce que l'entretien prît cette allure inquiétante pour lui.

— Qu'avez-vous fait de mon père ?

Ces mots sonnèrent à son oreille comme une cloche sinistre.

Mais il voulut payer d'audace et se reprit pour répondre presque avec sang-froid :

— Puisque vous le savez, pourquoi m'interrogez-vous, Simone ?

Elle jeta sur lui un regard qui lui fit baisser les yeux.

Mais aussitôt, se souvenant qu'elle devait essayer d'amollir son cœur et non le braver, elle cessa de menacer, se faisant soudain soumise et douce.

— Ne nous querellons pas, voulez-vous, mon oncle ? Faisons plutôt la paix. Expliquez-moi pour quelle raison votre haine... fraternelle a duré si longtemps.

— Il a tué mon enfant, ma fille !... gémit le docteur, farouche. Et bientôt, peut-être, je n'aurai plus même de fils !

Plus douce encore, plus suppliante, elle se glissa près de lui.

— Pardonnez à celui qui n'a été coupable que par imprudence, par maladresse, et faites-le sortir de sa prison horrible... Vous verrez que Dieu récompensera votre mansuétude.

Un rire bref, sacrilège, lui coupa la parole.

— Oui, je sais d'avance ce que vous allez me raconter : le pardon, l'amour fraternel, le devoir, le bon Dieu, le paradis, l'enfer et d'autres balivernes du même genre qu'on vous a rabâchées au couvent. Eh bien ! ma chère, ne vous en déplaise, je me venge, et je continuerai à me venger justement et suivant la loi naturelle du talion ! Ah ! jamais vous ne comprendrez ce que j'ai éprouvé lorsque j'ai vu ma fille tomber morte sous mes yeux...

— Oh ! si, je le comprends, murmura Simone ; pauvre oncle ! pauvre tante !

Elle pensait à la mère aussi, elle, au moins.

— Lorsque je l'ai vue frappée, dis-je, et par la main de ce fou, de cet insensé maudit qui est votre père !

D'un geste éperdu il se couvrit les yeux de ses doigts qui tremblaient de colère et de douleur à ce ressouvenir, et Simone commença à comprendre que peut-être elle ne réussirait pas dans sa négociation.

— Oui, mon oncle, repartit-elle, essayant de reprendre courage ; pour cela je vous plains et je vous... oui, je vous aime, quoique...

Mais je sais au moins une chose, dit Simone véhémente et redressée cette fois, c'est que le châtiment a assez duré pour mon père et que *vous devez* le retirer de son enfer. Il vous fallait une expiation, je l'admets, mon oncle, mais celle-ci est horrible, et, je vous le répète, la justice, l'humanité, moi surtout, nous vous ordonnons de faire cesser ce martyre.

Hozeranne réfléchissait ; sa nièce crut avoir touché le point vulnérable de son cœur. Mais non ; relevant sur elle son regard glacial, il dit tranquillement :

— A propos, qui donc vous a si bien informée de ce que je tenais, moi, à vous cacher ?

Elle allait prononcer un nom, dans son trouble ; mais, brusquement, elle se ressaisit.

— Que vous importe ! répondit-elle. Dieu a permis que le hasard m'apprît tout ce que j'ignorais. Voyez-vous, en ce monde, chacun a son tour, et l'innocent est vengé à l'heure marquée. Tout se paye ici-bas, le mal et l'injustice comme le reste.

Vibrante et droite elle parlait, ses yeux admirables (ceux de sa mère) fixés sur son oncle, incroyablement calme et maîtresse d'elle-même, comme si elle voulût descendre et pénétrer au fond de cette âme et y soulever le remords et l'épouvante.

Mais il demeurait silencieux, avec toujours un sourire infernal au coin de sa lèvre sarcastique ; il semblait réfléchir ; peu à peu ses traits se détendirent et perdirent leur expression de dureté, de froide ironie.

Tout à coup, il parla.

— Je veux bien vous rendre votre père, Simone, dit-il ; je veux bien céder à votre prière...

Elle l'interrompit par un cri de joie folle et allait se jeter à son cou.

D'un geste, il la retint.

— A une condition, ajouta-t-il.

Elle s'arrêta, palpitante. Qu'exigerait-il d'elle, ô mon Dieu !

— Laquelle ? murmurèrent ses lèvres pâlies.

— Vous serez la femme de Robert.

— De... de... votre...

— De mon fils, votre cousin, oui.

Elle recula d'un pas.

— Mais, c'est impossible ! gémit-elle.

— Impossible ? Pourquoi ? Ah ! oui, je sais, vous le croyez très malade. Et certainement, il l'est. Mais moi, son père, moi qui le soigne, j'ai l'assurance que le bonheur le guérira. Vous ne comprenez rien à cela, vous, petite fille ; mais j'ai étudié à fond ce corps nerveux et impressionnable, moi. Je sais de quoi se meurt mon enfant, d'un amour qui, lui, ne veut pas mourir !

— Mais... murmura Simone, plus blanche que la dentelle de sa robe.

— Toute sa tendresse n'a pu vous fléchir, Simone ; vous l'avez repoussé et il vous chérit toujours.

— Je l'aimais comme un frère, et, depuis que j'ai appris... ce que vous êtes, mon oncle, mon amitié pour lui s'est enfuie.

Le docteur reprit, appuyant sur les mots :

— Il faut que vous alliez à lui, Simone, et que vous lui disiez : « Robert, je consens à être ta femme aussitôt que tu seras guéri. Moi aussi, je t'aime... »

— Mais je mentirais, fit la jeune fille, son regard de vierge loyale sur cet homme qui la torturait.

Il eut un mouvement de colère.

— Eh ! non, vous ne mentirez pas ! A votre âge, savez-vous ce qu'il y a dans votre cœur ?

— Oh ! oui, fit Simone, avec un singulier regard profond et doux, un regard de femme déjà, dans ses prunelles qui avaient la couleur des mers glauques et sans fin.

— Bah ! vous pensez encore à ce Kiprianeff qui n'aurait dû jamais mettre le pied ici ; puisque vous avez cru aimer celui-là, vous aimerez bien un autre. Robert est un grand artiste, il a une tête admirable, de l'esprit...

— Oui, mais M. de Kiprianeff, c'est autre chose, murmura la jeune fille.

Hozeranne s'emporta.

— Je vous défends de parler de lui.

Elle ne répliqua pas et sourit, d'un intraduisible sourire qui exaspéra son oncle.

— Eh bien ! aimez-le si cela vous plaît, mais vous serez bien sotte, car ce beau monsieur est en ce moment à Varsovie, où il file le parfait amour aux pieds d'une beauté blonde. Vous êtes jolie, Simone, mais vous n'êtes pas la seule à l'être, et les femmes slaves ont, dit-on, des charmes ensorcelants ; les hommes comme Kiprianeff sont bien sollicités, croyez-moi, et sa race est changeante et perfide. Vous perdrez votre temps à vous attacher à un être qui ne pense déjà plus à vous.

Le petit sourire indéfinissable demeurait au coin de la fine bouche rose.

Sans écouter son oncle, Simone se disait :

— Qui m'aimera jamais comme celui-là ?...

Sa tendresse pour Otto était trop absolue pour que, même si elle ne l'avait pas vu récemment, elle eût ajouté foi à de pareilles insinuations.

Tout à coup, las de paraître implorer, Hozeranne reprit son ton autoritaire, impérieux.

— Et puis, conclut-il, je suis bien bon de discuter sur ces billevesées avec une petite fille. Vous épouserez Robert ou vous ne reverrez jamais votre père.

Révoltée pour le coup, elle éclata :

— Ah ! mais, pardon ; vous vous croyez, en vérité, mon oncle, une puissance que vous n'avez pas. Dussé-je aller jusqu'au ministre de la Justice, jusqu'au chef de l'Etat, j'arracherai mon père de sa prison. Je lutterai contre vous jusqu'à la mort, s'il le faut.

Il eut un rire de démon.

Ah ! ah ! ah ! il vous sied bien de parler de lutte et de rébellion, en vérité ! Savez-vous qui vous êtes et ce que je suis ? Ce que vous pouvez et ce que je puis, moi ? Vous n'êtes qu'une enfant, ma pupille encore pour quatre années. Je suis votre tuteur. Vous ne pouvez rien, rien, rien ! Dites-vous bien cela ; entre votre père enfermé là-bas et vous, il y a une barrière plus haute que des murailles d'une forteresse : ma volonté. Voici l'ultimatum. Je ne vous le répéterai plus : épousez mon fils et je vous rends votre père ; je ferai taire ma rancune et j'oublierai tout, car... si mon frère m'a pris ma fille, vous m'aurez rendu Robert. Nous serons donc quittes.

Epouvantée, navrée, Simone s'écroula à ses pieds.

— Mon oncle, ayez pitié ! Ne me forcez pas

à choisir. Songez donc !... Je ne m'appartiens plus. Je me suis engagée vis-à-vis de M. de Kiprianeff.

Hozeranne haussa les épaules.

— Un engagement qui ne tient pas même à un fil. Si ce n'est que cela qui vous inquiète ?

— Mais je l'aime, cria Simone éperdue.

— Plus que vous n'aimez votre père, fille dénaturée ? Quand, d'un mot, vous pourriez rendre celui-ci à la vie, au bonheur, vous vous y refuseriez pour une stupide amourette !... Et vous appelez cela agir noblement !...

D'un coup sec, il brisa entre ses doigts l'ivoire fragile d'un couteau à papier ; sa violente diatribe ne reçut point de réponse ; Mlle Hozeranne oscilla, pencha comme une fleur cassée par l'orage et demeura sans vie sur le tapis où elle s'agenouillait pour supplier l'homme sans cœur qui était son oncle.

Pensif, Hozeranne la considéra d'un œil glacé et murmura, en appuyant le pouce sur un bouton électrique :

— Elle trouve la pilule amère au premier moment, mais elle l'avalera et s'y accoutumera. Elle ne peut faire autrement que d'accepter la chance que je lui offre de retrouver son père.

— François, ajouta-t-il en s'adressant au domestique qui entrait, Mlle Simone vient de se trouver mal ; aidez-moi à l'emporter chez elle.

Le vieux serviteur jeta un regard de travers à son maître dont il connaissait la secrète animosité, releva la jeune fille, et, sans aide, l'emporta comme une enfant jusque dans sa chambre où la servante attachée à Simone vint lui donner des soins.

CHAPITRE VI

Dans l'obscurité croissante de la pièce, Simone, qui avait rouvert les yeux et renvoyé sa femme de chambre, demeurait en proie à une affreuse angoisse.

Trois mots, trois seuls revenaient à ses lèvres arides : « Père... Otto... Robert... »

Comme emprisonnée dans un cercle de fer, sa pensée s'arrêtait sans cesse aux mêmes alternatives : renoncer à Otto, c'était sauver son père.

Repousser Robert, c'était condamner le malheureux captif à des années de martyre, à la mort, sinon à la véritable démence.

Devant elle passait et repassait une triple vision : un homme dans la force de l'âge, les cheveux prématurément blanchis et qui, depuis six ans, attendait en vain l'heure de la délivrance.

Un étranger de haute taille, à l'attitude noble, à la voix caressante, qui répétait à Simone des paroles d'amour.

Enfin un être chétif, étendu, presque moribond, sur un lit de douleur...

— Que faire ?... Ah ! mon Dieu ! Que faire ?

Soudain, Simone se souleva sur son séant, et, dans son regard où flambaient à la fois la colère et l'indignation, brilla une nouvelle vigueur.

— Et pourquoi donc ne lutterais-je pas encore ? s'écria-t-elle. Pourquoi me laisser écraser par cet homme dénaturé que rien ne touche : ni prières ni mépris ? Seul, lui semble-t-il, il a droit sur tous, sa volonté doit tout briser. Eh bien ! voilà ce que je n'accepterai pas.

Après cette ardente manifestation d'énergie, la pauvre enfant s'amollit de nouveau.

— Mon Dieu ! murmura-t-elle au milieu de ses larmes, vous le voyez, ma misère morale ne peut être plus grande, placée que je suis entre l'épouvantable alternative de chasser à jamais de mon cœur l'être exquis que vous avez amené à dessein sur ma route, et celle d'abandonner mon infortuné père à son horrible sort. Vous que l'on dit être un Dieu de miséricorde, vous ne pouvez me délaisser !

Mais la nuit était tout à fait venue, qu'elle n'avait encore rien résolu.

Au matin seulement et tandis que la fatigue commençait à appesantir ses paupières, elle tressaillit et se ressaisit.

— Je sais, dit-elle ; j'ai découvert le moyen de rendre mon père à la vie de famille, à la société, au bonheur, enfin ! Il faudra bien que je réussisse, que je pénètre dans cette prison et que je fasse évader le cher captif ; tout cela, sans sacrifier celui que j'aime.

Avec une certaine exaltation due à la fatigue et aux émotions précédentes, Simone mûrit son plan.

Elle se rendrait à Herbeauvilliers, tâcherait de pénétrer auprès de son père, et, à l'aide d'un moyen quelconque inspiré sur place par les circonstances, de faciliter une évasion.

Certes, elle ne reculerait devant aucun de ces moyens, dût-elle revêtir un costume masculin en sacrifiant ses beaux cheveux et demander une place de gardien à l'asile.

— Je devrai employer la feinte et la ruse, et cela me répugne, pensait-elle, mais je ne reculerai devant rien pour sauver mon père ; il faut combattre les méchants et les hypocrites par leurs propres armes.

Elle ne jugea pas utile de communiquer ses projets à Kiprianeff. D'abord elle ne pouvait agir de concert avec lui, les convenances leur interdisant de se réunir. Ensuite et surtout, elle redoutait qu'Otto ne la crût trop peu raisonnable et ne cherchât à la dissuader de partir.

Elle se contenta donc de lui apprendre, en une courte lettre, que la lutte était entamée avec son oncle ; que celui-ci résistait pour le moment, mais elle comptait l'amener à résipiscence. Elle allait prudemment s'y employer ; certainement quelques jours lui seraient nécessaires. Il saurait le résultat aussitôt que possible, mais qu'il ne s'étonnât pas, d'ici là, de rester sans nouvelles.

Le lendemain, elle daigna se montrer aux Hozeranne et parut triste, mais un peu résignée.

Se trouvant seul une minute avec elle, son oncle lui demanda, moitié ironique, moitié pressant :

— Eh bien ! ma nièce, avez-vous réfléchi à ce que je vous ai dit ?

Avec un mouvement d'humeur parfaitement jouée, Simone répliqua :

— Hé ! mon oncle, comment voulez-vous que je me décide en douze heures !... Et puis...

— Et puis ?... fit le docteur, voyant qu'elle hésitait.

— Ce n'est pas ici, je le sens, que je peux penser tranquillement à mon avenir.

— Comment cela ?

— Dame ! vous avez tous des airs lugubres. Robert fait le malade, ou bien souffre réellement, et moi, au milieu de vous tous, je me sens malheureuse.

— Qu'à cela ne tienne ! Vous voulez aller aux Moires, Simone ?

— En cette saison ? Grand merci, mon oncle.

— Alors ?

— Au couvent, lorsque les grandes élèves, déjà de retour dans leurs familles, comme je le suis actuellement, allaient se marier ou avaient à prendre une grave décision, elles faisaient à la pension un séjour d'une semaine.

— En voilà une idée ! Faut-il aimer la cage pour s'y enfermer de nouveau quand on est libre !

— Ce n'est s'enfermer que pour quelques jours, quelque chose comme une retraite.

— Et vous voulez les imiter ?

A voix presque basse, Simone répondit :

— Je me figure qu'une fois hors d'ici j'envisagerai les choses autrement, et que, lorsque j'y reviendrai, je serai plus...

— Raisonnable, n'est-ce pas ? fit Hozeranne, qui, dans sa joie, alla jusqu'à esquisser un sourire.

— Dame ! à présent, je ne vois pas très clair devant moi et en moi-même... après toutes ces révélations...

— Et vous tenez à implorer les lumières de l'Esprit-Saint, hein ! ma nièce ? dit le savant avec sa mordante ironie.

Elle le regarda fixement, un peu dédaigneuse, et répliqua avec netteté :

— Justement, mon oncle. Comme vous devinez bien !

— Vous parliez tout à l'heure de huit jours, mais c'est long.

— Long pas seulement pour Robert, mon oncle, allez !... Mais aussi pour... un autre !

Le médecin ne put réprimer un mouvement de satisfaction.

— En effet, dit-il, n'y songez-vous pas ?

— J'y songe si bien que c'est pour cela seul que je me décide à aller au couvent.

— Ainsi, vous voulez y aller tout de suite ?

— Tout de suite... c'est-à-dire...

— Certainement, il faut profiter... commença Hozeranne avec vivacité.

— Et battre le fer pendant qu'il est chaud, ne pensez-vous pas, mon oncle ?

— Mais laissez-moi au moins le temps de prévenir cette bonne Mme Obernier ?

— Pourquoi faire ? demanda le docteur étonné.

— Vous ne voulez pas que je me rende seule au couvent ; Mme Obernier m'y accompagnera.

— Comme il vous plaira.

— Merci, mon oncle. Voilà donc tout convenu, mais pour partir demain il ne me manque qu'une seule chose : de l'argent.

J'ai vu les aînées de mes compagnes faire un cadeau à leurs anciennes maîtresses en se mariant.

— Soit. Combien vous faut-il ?

— Au moins mille francs.

Le tuteur bondit.

— Mille francs ! Comme vous y allez !

Simone comprit qu'il ne fallait pas exciter, par trop d'exigences, les soupçons de son tuteur ; elle répliqua donc d'un ton détaché :

— Au fait, c'est vrai ; donnez-moi ce que vous voudrez ; je pensais offrir une petite douceur à Mme Obernier... et à moi-même... une bague que j'ai vue... mais il n'y a rien de pressé.

Hozeranne avait trop peu étudié le cœur et la nature des jeunes filles en général et de sa nièce en particulier pour ne pas donner en plein dans le panneau.

Il croyait Simone superficielle et coquette comme beaucoup de ses pareilles, la voyant toujours mise élégamment et très courtisée ; il la savait franche aussi, et ne supposa aucunement qu'elle lui tendait un piège.

Impatiente, Simone le tira de ses réflexions :

— Alors, mon oncle, je peux envoyer un petit bleu à cette bonne Mme Obernier pour qu'elle m'emmène au couvent dès demain ?

— Oui, et ce soir vous aurez l'argent que vous demandez et qui vous est nécessaire.

Elle comptait sur cinq cents francs tout au plus et fut agréablement surprise, en ouvrant l'enveloppe que lui remit son tuteur le même jour, d'y trouver douze cents francs en billets de banque.

Le Dr Hozeranne pouvait avoir de terribles défauts, il n'avait pas celui de lésiner. D'ailleurs, très riche par lui-même, il ne songeait jamais à tirer un bénéfice personnel de la tutelle de sa nièce, également bien rentée.

Avec joie, Simone aligna donc les papiers et les pièces d'or formant son petit trésor.

Dédaigneuse de l'argent, à l'ordinaire, si elle se réjouissait aujourd'hui d'en avoir, c'est qu'elle pourrait en avoir besoin dans l'entreprise qu'elle combinait.

Ainsi elle possédait plus de trois mille francs en y ajoutant les économies faites depuis quelque temps.

— Il faut bien cela pour acheter l'aide nécessaire, pensa-t-elle en refermant la somme dans sa petite sacoche.

Le lendemain, comme sa dame de compagnie apparaissait, munie d'un sac de voyage en prévision du séjour au couvent, Simone alla dire à sa tante un froid adieu ainsi qu'à son oncle.

Celui-ci fit mine de lui tendre la main, mais elle ne parut pas s'en apercevoir.

— Iras-tu embrasser Robert avant de partir ? lui demanda-t-il doucement.

Elle hésitait, n'ayant nulle envie de leurrer le pauvre garçon d'un chimérique espoir, mais elle se dit que ce serait éveiller les soupçons endormis de son oncle, et elle répondit :

— Mon Dieu ! oui, je ne lui en veux pas, à lui. Seulement, je vous prierai de ne pas lui laisser entrevoir que je... que nous...

— Que vous ne repoussez plus sa tendresse ? Et pourquoi cela ?

— C'est une idée à moi.

— Mais vous ignorez donc que ce seul espoir le remettrait sur pied, immédiatement ?

— Et si je ne me décide pas ?

— Vous serez alors une fille dénaturée, dit Hozeranne en reprenant son ton sec.

— C'est possible ; en tous cas, ne parlez pas de moi.

Hozeranne ne souffla mot, mais se promit tout bas d'agir à sa guise.

Mlle Hozeranne, qui n'avait pas vu Robert depuis quelques jours, retint à son aspect un cri de surprise.

A sa maigreur, à sa pâleur, à ses traits émaciés, au rouge ardent de ses lèvres de fièvre, elle comprit combien profondément il était touché. En même temps, un remords lui vint d'englober le pauvre enfant dans sa vengeance et surtout de le tromper.

Mais pouvait-elle le mettre en balance avec le prisonnier d'Herbeauvilliers ? Pouvait-elle comparer leurs deux misères ?

— Heureusement que mon oncle ne lui dira rien, pensa-t-elle, et, quand je reviendrai, mon père sera libre, du moins je l'espère fermement. Robert ne subira donc pas de déception par ma faute.

Le malade lui tendit sa main transparente qui brûlait, et il lui dit d'un ton d'affectueux reproche :

— Tu ne m'as point gâté par tes visites, Simone, ces jours-ci.

Elle répondit :

— Je me suis querellée avec ton père et je boudais ; je ne voulais voir personne.

— A quel propos, cette dispute ? Dis-le moi, cousinette.

Elle rougit et détourna la tête.

Lui, scrutant cette physionomie de jeune fille, comprit qu'elle lui cachait quelque chose ; il chercha donc à savoir.

— C'était à propos de moi ?

— Oh ! pas du tout ! fit-elle si sincèrement qu'il la crut.

D'ailleurs, il savait qu'elle ne mentait jamais. En parlant ainsi, elle-même était franche, ne pensant qu'à son père, principe, en effet, des discussions de la famille Hozeranne.

— Et tu te retires au couvent ? Quelle idée !

— J'ai besoin de changer de milieu... et d'air pendant quelques jours...

— Tu ne vas pas te faire religieuse, au moins ? s'écria Robert alarmé par la perspective d'une absence trop longue, peut-être.

Elle sourit en secouant les épaules.

— Je n'ai jamais eu cette envie, dit-elle.

— Bien vrai ?

— Mais oui, voyons ; je suis croyante envers et contre tout, mais de là à aliéner ma liberté, il y a loin.

Il respira, comme soulagé d'un poids.

— Et quand tu reviendras ?...

— Je reprendrai ma vie au milieu de vous, voilà tout.

— Tu ne resteras pas longtemps absente ?

— Non, sois tranquille.

Il n'osa lui dire que ce qu'il désirait plus que tout au monde, ce qui le guérirait mieux que tout, c'était sa présence, son parfum, son charme, le son de sa voix, toute sa personne enfin.

Il regardait cette porte qu'elle allait franchir et par où elle ne repasserait pas de quelques jours, de plusieurs siècles, alors...

Elle, à la vue de ce pauvre être brisé, sentait son courroux s'évanouir ; elle le considérait avec une infinie pitié, presque avec douceur, écoutant dans le silence de la chambre les battements de ce cœur si malade : elle comprenait maintenant sa tendresse désespérée ; elle eût voulu l'éteindre, mais aussi elle se disait :

— Pour qu'il ne souffre plus, lui, faut-il donc qu'Otto et moi nous souffrions ? Est-ce juste ? Toutes nos vies seront-elles donc sacrifiées à l'égoïsme de ce César Hozeranne qui croit qu'il n'y a au monde que lui et son fils ?

— Tu reviendras, n'est-ce pas ? répéta le bossu.

Assis dans son lit, car il ne supportait pas la position horizontale, une couverture chaude sur ses genoux osseux, il la buvait des yeux, étonné cependant de voir la gravité de ce visage si jeune.

— Qu'y a-t-il donc eu entre mon père et elle ? se demandait-il.

Elle fit un mouvement pour dégager sa main qu'il avait gardée dans la sienne.

— Pourquoi ne m'embrasses-tu plus, comme autrefois ? Que t'ai-je fait ? murmura le bossu d'une voix qu'on entendait à peine.

Elle tressaillit, se pencha, et ses lèvres douces touchèrent le front du malade. Puis elle s'éloigna.

Tout en regagnant le hall où l'attendait Mme Obernier chargée de paquets, elle se disait :

— Ou bien les plus grands praticiens deviennent aveugles dès qu'il est question de leurs propres enfants, ou bien j'y vois trouble, mais ce pauvre Robert me semble avoir déjà la mort sur le visage. Et voilà le moribond que l'on veut me donner pour époux ? Mais alors... ne serait-ce pas mon oncle lui-même qui deviendrait fou ?

Tout triste après le départ de sa cousine, Robert avait laissé retomber sa tête sur l'oreiller.

Simone, partie, si fraîche, si pure, si séduisante, si tendrement aimée aussi, tout n'était plus pour lui qu'ennui, solitude et sombre nuit.

Pourtant il possédait de bons parents ; un père qui n'avait d'autre tendresse que la sienne, une mère qui ne vivait que pour lui.

Il possédait aussi son talent, son violon, le grand consolateur, l'ami des jours douloureux.

Eh bien ! tout cela s'effaçait, n'était plus rien devant Simone.

L'amour du père, de la mère, le violon, passaient presque inaperçus à côté de Simone.

Et puis, qu'avait-il à présent pour envisager mieux les choses ? Ni religion, puisqu'on lui avait retiré la foi ; ni amis, puisqu'il se bornait à sa cousine en fait d'amitié... ni surtout cette chère compagne de son enfance !...

Bientôt, cependant, le docteur entra et, le visage joyeux, lui dit :

— Eh bien ! petit, nous avons vu cette méchante Simone ; nous allons mieux ?

Au lieu de répondre, Robert tourna ses grands yeux tristes vers son père, cherchant la vérité sur ce visage rigide, et il demanda :

— Elle m'a dit que vous vous étiez querellés ; à quel propos ?

Comme Simone tout à l'heure, le docteur se troubla.

— Ah ! fit-il, essayant de plaisanter, faut-il prêter attention aux caprices des jeunes filles ? Je ne sais plus, moi.

— Si, père, si, vous devez vous rappeler. Et pourquoi quitte-t-elle la maison ?

Ici, Hozeranne ne put cacher son allégresse ni obéir à Simone qui lui avait recommandé de ne donner aucun espoir à Robert.

— Mon cher enfant, répondit-il en s'asseyant auprès de l'infirme, je te jure que la querelle s'est terminée tout à notre avantage: la cousine a demandé elle-même à se retirer quelques jours au couvent où elle a été élevée. Une petite manie qu'ont les jeunes filles ; avant de se marier, elles implorent les lumières d'En-Haut.

Il parlait avec enjouement et ironie, mais fut tout à coup épouvanté de la pâleur et de l'oppression du malade.

— Qu'as-tu ? demanda-t-il avec anxiété.

— Elle va... se marier ? balbutia le pauvre garçon avec effort. Oh ! je devine... avec M. de Kiprianeff.

— Tu te trompes. Je te jure que tu te trompes ! cria Hozeranne qui ouvrit toute grande la fenêtre et fit respirer de l'éther au malade. Ne te mets pas en de pareils états, mon enfant ; puisque je t'affirme...

— Vous m'affirmez, oui... pour me leurrer d'un vain espoir.

— Mais que t'a donc dit cette petite sorcière ? s'exclama le docteur anxieux.

Il se rassura lorsque Robert, un peu calmé, lui eut répété mot pour mot son court entretien avec sa cousine.

— Tu vois bien, nigaud, que tu t'alarmais à tort. Oh ! me faire de telles frayeurs ! Quels nerfs, mon pauvre enfant, quels nerfs ! Que sera-ce donc le jour où, confiante, elle mettra sa main dans la tienne pour jamais ?

— Pour jamais ! répéta Robert avec ravissement. Le croyez-vous, mon père ?

— Oui, je le crois fermement, répondit Hozeranne qui, en effet, comptait absolument que Simone se sacrifierait pour le salut de son père.

— Et... vous ne la contraignez pas ?

— Non, répondit hardiment le docteur, qui, toutefois, détourna la tête sous le regard aigu de son fils.

Celui-ci poussa un soupir, et Hozeranne sentit le besoin de le convaincre mieux.

— Ecoute, lui dit-il, mais sois calme ou je me tairai.

— Je suis calme.

— Tu as peut-être entendu dire que ton oncle Jacques avait été enfermé comme dément dans une maison de santé...

— Je sais, oui, je sais.

— Où il vit encore à l'heure actuelle.

La surprise et la défiance se peignirent sur les traits émaciés du jeune homme.

— Et Simone ne s'en doute pas ? fit-il.

— Elle a tout appris depuis peu.

— Voilà donc pourquoi elle demeurait enfermée chez elle sans vouloir nous parler !... murmura Robert, comme soulagé d'une inquiétude.

— Oui, maintenant il me reste à t'instruire de la vérité entière ; c'est moi qui ai fait conduire ton oncle Jacques dans une maison d'aliénés, quoiqu'il eût toute sa raison.

— Oh ! ne put s'empêcher de s'exclamer Robert en un mouvement de recul indigné.

— Il le fallait pour lui éviter pis encore ; dans sa folle étourderie, il avait commis un crime involontaire.

— Oui, mais six années de réclusion !... murmura le malade.

— C'est certain, j'ai eu tort de l'oublier là-bas ; j'ai poussé trop loin la prudence, le... Enfin, ce qui est fait est fait, il n'y a pas à revenir là-dessus.

— Mais, à présent, vous allez délivrer le malheureux prisonnier ?

— Oui, bientôt. Tu comprends, je tenais à te dire que je ne t'aurais jamais donné Simone pour femme si j'avais craint pour elle quelque hérédité. Le monde est plus difficile à détromper que toi, mon enfant, et Simone sait fort bien que les épouseurs n'abonderont pas auprès d'elle, croyant... ce que l'on croit.

— Alors, elle me prendra comme pis aller ? fit âprement le bossu.

— Mais non, grand enfant ! N'est-il pas naturel, *si elle* t'accepte pour mari, qu'elle désire rester dans la famille de ses tuteurs ? elle te connaît déjà ; elle sent en artiste et goûte fort ton talent... seulement il faut guérir, mon Robert, pour recouvrer ta jolie figure et tes forces ; on ne te laissera toucher ton violon qu'à ce prix.

— Un mot encore, père, dit le bossu en retenant le docteur qui se levait ; Otto de Kiprianeff était-il instruit de... de la particularité concernant... mon oncle ?

— Ma foi ! Je crois bien que les bonnes langues du monde s'étaient chargées de l'éclairer.

— Et il n'a pas voulu épouser la fille d'un fou ?

— Dame ! il me semble que... commença Hozeranne mal à l'aise et se souvenant que, au contraire, Kiprianeff aurait épousé Simone envers et contre tout.

— Mais alors... vous l'avez trompé ?

— Ou plutôt je n'ai pu le détromper, puisque nous nous sommes séparés très vite.

— Et Simone ignore cette particularité ?

— Elle n'ignore rien. Mais ne pense pas à cela, Robert. La preuve qu'elle a oublié ce séduisant garçon, c'est que je lui ai parlé de... de ne pas quitter la famille, et elle m'a demandé l'autorisation de réfléchir quelques jours à cette proposition. Bien entendu, mes enfants, vous attendriez, étant tous les deux trop jeunes.

Le bossu se révolta.

— Attendre ! Oh ! non, jamais ! Elle n'aurait qu'à se raviser. Un autre n'aurait qu'à me la prendre !

Hozeranne se mit à rire et l'embrassa.

— Allons, conclut-il, je vois qu'il faudra en passer par où tu voudras. Maintenant, laisse-moi à mes malades, qui attendent ma consultation, et réjouis-toi...

— A tantôt, père, murmura Robert d'une voix morne.

Demeuré seul, il rêva, mais pas aussi joyeusement qu'on aurait pu le croire.

Il flairait un mystère, quelque chose de louche et de mauvais autour de lui.

Il se savait infirme, malade, et la si prompte adhésion de sa cousine l'étonnait, elle qu'il avait vue si profondément éprise de Kiprianeff.

Aussi il se promettait, avant toute décision, de savoir ; il fallait qu'il sût ; il saurait.

Et cette seule manifestation de volonté suffit pour lui donner un regain de vie, comme il n'en avait pas eu depuis bien longtemps.

On ne le laissait jamais seul plus de quelques minutes.

Sa mère parut bientôt, et sourit de le trouver moins dolent, avec un léger feu rose aux pommettes.

— Mère, lui dit-il gravement, mon père m'a fait entrevoir la possibilité d'épouser Simone.

— Ah ! fit Mme Hozeranne ; c'est donc pour cela que tu sembles aller mieux ?

Et plus doucement, elle ajouta :

— Ton père ne m'a rien dit, à moi ; je ne compte pas ici !

Un soupir douloureux et résigné que Robert entendit ponctua sa phrase.

Le jeune homme reprit d'un ton tranquille :

— Oui, elle consentira peut-être à devenir ma femme ; seulement, à présent, je ne sais pas si je voudrai d'elle.

Mme Hozeranne regarda son fils avec stupeur.

— Est-ce qu'il délire ? se demanda-t-elle.

Mais elle le vit sourire et se rassura.

Il se coula contre elle, câlin, mystérieux.

— Tu ne sais pas pourquoi ? fit-il.

— Non... Ah ! sans doute parce que son père...

— Passe pour fou ? Nullement ; je sais tout : papa a osé me révéler cette triste histoire.

— Quoi ! s'écria Mme Hozeranne. Il a eu ce courage !

Cette exclamation en apprit plus long à Robert que les discours les plus détaillés.

La poitrine oppressée, l'œil brillant, il poursuivit :

— Veux-tu que nous ayons un secret à nous deux, maman chérie ? Rien qu'à nous deux ?

— Oui, répondit la mère, charmée de la confiance que lui témoignait ce fils adoré.

Mais, craintive, elle ajouta :

— Seulement... ton père...

— Il fera ce que je voudrai et ce que tu voudras, toi aussi, dit le malade d'une voix singulièrement ferme et vibrante. Pauvre maman ! Voilà assez longtemps que tu es l'esclave ici, que tu n'oses pas lever la tête ! Ton tour viendra... Peut-être as-tu eu tort de trop obéir... Il y a des choses pour lesquelles la conscience doit être implacable.

Inquiète encore plus que surprise, Mme Hozeranne considéra son enfant avec une sorte de timidité.

— Que sait-il donc et que veut-il dire ?... murmura-t-elle.

Robert ne savait pas encore, mais il allait chercher, sonder le mystère qu'il entrevoyait, et comme il se sentait faible, il voulait que sa mère l'aidât dans cette œuvre de réparation, d'expiation peut-être qui la relèverait, elle aussi, pauvre femme lâche par excès de tendresse.

CHAPITRE VII

Quand la voiture qui emportait Mlle Hozeranne et sa compagne à la gare Montparnasse fut à la hauteur de la rue d'Assas, dans la rue de Rennes, Simone passa délibérément par la portière sa jolie tête voilée d'un tulle chenillé par-dessus le chapeau sombre et appela le cocher :

— Je me suis trompée, c'est à la gare de Lyon qu'il faut me conduire.

Et comme le bonhomme grommelait quelque chose dans sa moustache grise, elle ajouta :

— Vous serez payé en conséquence

Ranimé par cette promesse, qui mettait du baume sur sa plaie, l'automédon tourna bride à gauche et accéléra le pas de son cheval.

— Que dites-vous donc, ma mignonne ? Quel ordre donnez-vous à cet homme ? fit Mme Obernier, stupéfaite.

En souriant, Simone lui prit les deux mains, et les serrant avec force :

— Chère vieille amie, répliqua-t-elle, m'êtes-vous véritablement dévouée ?

— Oh ! pouvez-vous me le demander ? répondit, d'un ton de reproche, la pauvre femme, qui ajouta *in petto* :

— Sans cette délicieuse jeune fille, qui sait si j'aurais tous les jours du pain à manger ?

— Alors, continua Mlle Hozeranne, vous m'accompagneriez là où je voudrais aller en me cachant de mon tuteur et de ma tante ?

— Oh ! fit la veuve effarée.

Mais naïvement, elle poursuivit :

— Au moins je ne vous abandonnerais pas si je ne parvenais pas à vous détourner d'une action... répréhensible peut-être. Ma présence sauverait toujours votre réputation... Mais, Dieu puissant ! qu'adviendrait-il ensuite de votre pauvre dame de compagnie ?

— Rien de fâcheux, croyez-moi. Ah ! vous ne m'abandonneriez pas, ma bonne amie ; c'est bien ce que je pensais. Toutefois, ne croyez pas que je m'embarque dans une aventure blâmable ou simplement enfantine. Je vous jure devant Dieu que je vais accomplir un devoir.

— Un devoir ?... On s'en forge parfois ; à votre âge, ma mignonne, l'imagination joue un grand rôle.

— Hélas ! Pauvre Madame Obernier ! Je donnerais beaucoup pour que l'affaire qui m'appelle au loin ne soit qu'un effet d'imagination ! Mais il n'en est pas ainsi.

— Et puis, un devoir, à l'insu de vos parents, c'est bien scabreux.

Après un petit silence, plein d'angoisse du côté de la brave femme, un peu méprisant de la part de Simone, celle-ci répliqua :

— Oui, c'est vrai, à l'insu de mes parents. Ils se sont très mal conduits à mon égard, ou plutôt à l'égard de mon père.

— De son vivant ?

— Il n'est pas mort.

— Ah ! fit Mme Obernier un peu saisie, mais qui n'osa interroger.

Après une pause, elle dit enfin :

— Et vous désirez le venger ?... C'est assez naturel, mais pas très chrétien. Pardonnez-moi ma franchise, chère Mademoiselle Simone !

— La vengeance n'est que très secondaire en tout ceci, Madame. Sachez une chose avant tout : *Je vais délivrer un prisonnier.*

— Comment ?... s'écria la dame de compagnie, croyant, cette fois, que la jeune fille délirait.

— Et ce prisonnier est mon père.

Pour le coup, Mme Obernier garda le silence, convaincue que Mlle Hozeranne était malade.

— Croyez-moi, chère Madame, reprit celle-ci, pressante et grave, croyez tout ce que je vous dis ; nous n'avons pas de temps à perdre... Vous pensiez, comme beaucoup d'autres, que j'étais orpheline ; vous vous trompiez. Mon malheureux père vit interné depuis six ans dans un établissement d'aliénés, lui qui n'a jamais été fou. Aujourd'hui seulement je peux le délivrer.

— Mais c'est tout un roman que vous me racontez là ?

— Hélas ! oui, et un roman triste. Comprenez-vous alors pourquoi, en ce moment, je fais appel à votre dévouement, chère Madame ?

— Oui ! oh ! oui, il vous est acquis, lors même qu'il en résulterait pour moi les pires choses.

— Et soyez sans inquiétude pour votre avenir ; mon oncle pourra vous retirer ma... compagnie, si je ne réussis pas et si je dois rentrer chez lui ; il pourra chercher à vous nuire et empêcher que vous ne trouviez ailleurs à gagner votre pain...

— C'est donc un bien méchant homme ?

— Il n'aime pas qu'on transgresse ses ordres. Eh bien ! rappelez-vous-le, chère Madame Obernier : tant que je vivrai, vous ne manquerez de rien.

— Oh ! peu importe ce que j'aurai souffert si le succès couronne vos efforts, ma pauvre enfant ! s'écria la bonne créature que Simone embrassa pour la remercier.

Mais ce qui m'étonne en tout ceci, c'est que vous deviez agir à l'insu de M. Hozeranne. Ce serait donc votre oncle, même le... bourreau ?

— Vous l'avez dit, chère Madame ; mon oncle détient mon père dans son enfer quand, d'un seul mot, il pourrait faire cesser son supplice. Le malheur a voulu que mon père l'offensât cruellement sans le chercher... bien malgré lui.

— Alors, je comprends tout : cet injuste internement n'est que le résultat d'une vengeance. Ah ! pauvre petite ! Que vous avez dû souffrir ! Mais quel serait votre plan ?

— Parvenir d'abord à Herbeauvilliers où nous déposera le chemin de fer ; étudier le village, les gens, les abords de la maison de santé... Ensuite nous aviserons ; je ne puis rien arranger d'avance.

— J'ai une idée, insinua la vieille dame. Vous pourriez me faire passer pour votre tante ; je simulerais la folie ; on m'enfermerait, vous viendriez me voir...

Simone ne put s'empêcher de sourire de ce débordement d'imagination, de cette offre dévouée, mais, hélas ! bien inutile.

— Nous ferions là de la mauvaise besogne, pauvre amie : d'abord, on nous questionnerait, il faudrait étaler vos papiers, donner nos noms... Ensuite, vous seriez internée avec les femmes, et vous ne verriez pas plus que moi mon malheureux père.

— C'est vrai, je divague, murmura la bonne créature consternée.

— Au reste, conclut Simone, nous ne pouvons rien projeter avant de connaître les lieux et les gens. Prions et attendons, nous n'avons pas autre chose à faire pour le moment. C'est plutôt en corrompant les gardiens que nous arriverons à nos fins, et aussi en cette prévision que j'ai apporté tout l'argent dont j'ai pu disposer.

— Elle pense à tout ! murmura Mme Obernier avec admiration.

Après une minute de réflexion profonde et de calculs mentaux, la bonne âme reprit presque timidement :

— S'il vous en manque, si peu que j'aie... à peu près quatre-vingts francs d'économie dus à votre générosité, ils sont à votre disposition, vous savez, Mademoiselle Simone.

Emue, la jeune fille lui pressa la main.

— Merci, chère Madame, je vous promets d'avoir recours à vous en cas de besoin, mais je me crois suffisamment bien pourvue.

On touchait à la gare de Lyon ; les deux femmes se munirent de leur petit bagage. Mlle Hozeranne paya largement le cocher et prit ensuite deux billets de seconde classe pour Herbeauvilliers, pensant ainsi attirer moins l'attention qu'en montant dans les meilleures voitures où elle pouvait rencontrer des personnes de connaissance, ce qui l'eût terriblement embarrassée.

Elles eurent la chance de ne pas avoir de compagnes de route dans le wagon de dames qu'elles choisirent ; malgré cela, elles ne reprirent pas leur conversation.

Pieusement, Mme Obernier égrena son chapelet et Simone ses pensées qui n'étaient certes pas couleur de rose.

A Melun, elle eut une désagréable surprise : comme le train stoppait quelques minutes, deux voix qui lui étaient familières frappèrent son oreille, tandis qu'une main hâtive ouvrait la portière.

— Adieu, sœurette, tâche d'être raisonnable comme un pion ou comme une duègne, afin qu'une autre fois on te laisse voyager seule encore.

— Oui, grand prêcheur. Et toi, tu sais, pas de folies en mon absence.

— Pas de danger, va. J'ai à faire par-dessus la tête. Ne te laisse pas retenir indéfiniment par les délices de Fontainebleau, hein ! Renée ?

— Non, non, sois tranquille.

Deux bons baisers, la portière qui se referma et ce double cri qui jaillit, spontané, joyeux d'un côté, gêné de l'autre :

— Simone !

— Renée !

— Bon ! pensa Mme Obernier qui, dans son trouble, laissa tomber son chapelet ; il nous fallait bien cela !

Déjà Renée embrassait son amie, non sans démêler de la contrainte dans la satisfaction que Simone essayait de montrer.

— Tu as quelque chose. Je t'ennuie ? fit la pétulante jeune fille en la regardant droit dans les yeux.

Ne nie pas, tu ne sais pas mentir, et cela ne te va pas. A propos, comment vont ton oncle, ta tante, ce pauvre Robert et *tutti quanti* ?

— Mais... pas mal.

— Robert aussi. Tant mieux !

— Oh ! non, Robert, justement, est très malade.

— Ah ! fit Renée attristée.

Puis, secouant sa préoccupation, elle ajouta :

— Quand je te dis que tu es toute chose, toute distraite. Est-ce que, par hasard, Mademoiselle, nous nous promènerions clandestinement ?

Et, dans un sourire jeté à Mme Obernier, elle poursuivit :

— En tous cas, les convenances sont sauves !

Mais, apercevant une larme au bord des yeux de son amie, elle l'embrassa une fois de plus en s'écriant :

— Je t'ai fait de la peine ? Qu'as-tu, chérie ? Tu crains que je ne te trahisse, hein ?... Ah ! bien, tu ne connais guère Renée Brézure. Je devine : tu as eu maille à partir avec le suave M. Hozeranne, ton tuteur, et tu... joues de la fille de l'air ? Je t'approuve, va !

Tandis qu'elle reprenait haleine, Simone réfléchissait. Elle connaissait assez la nature droite de son amie pour tenter de faire appel à sa discrétion et pour l'obtenir. Mieux valait donc ne rien cacher.

— Ecoute, Renée, lui dit-elle, je sais que je peux me fier à toi.

Tu me rencontres sur la ligne de Moret quand je devrais être sur celle de Versailles.

— Bon.

— Pour mon oncle, ma tante et Robert, je me rends au couvent où j'ai été élevée... pour y passer quelques jours. Or, je n'y vais pas.

— Tu lui tournes, même le dos, sans vergogne, ma belle ; mais je te vois accompagnée et je te connais suffisamment pour comprendre que si tu trompes ta famille... qui t'a, elle, si souvent trompée, par parenthèse, ce ne peut être que dans le but de remplir ce que tu considères comme un devoir, de faire une bonne action... que l'on t'empêcherait d'accomplir sans cela.

— Tu l'as dit, et je vais te révéler...

Renée l'arrêta d'un joli geste gracieux.

— Tais-toi, tu n'as besoin de rien me dire ; je ne veux rien savoir, j'ai foi en toi, et sauf si tu as besoin de mon aide, c'est comme si je ne t'avais pas rencontrée.

Simone l'embrassa.

— Merci, Renée. Tu as raison, il vaut mieux que je ne mette personne, pas même toi, dans ma confidence... aujourd'hui du moins ; car bientôt j'espère pouvoir te dire tout et t'apprendre que je suis heureuse.

Elles se séparèrent amicalement, l'une continuant sa route sur Moret et Herbeauvilliers, l'autre s'arrêtant à Fontainebleau.

— Quelle malchance !... soupira Mme Obernier lorsqu'elle se vit de nouveau en tête-à-tête avec Mlle Hozeranne.

Celle-ci eut un sourire confiant.

— Oh ! répondit-elle, nous pouvions tomber plus mal ; ce n'est jamais Renée Brézure qui nous trahira.

Elles stoppèrent à Moret où elles déjeunèrent, car il leur fallait des forces pour la tâche qu'elles allaient entreprendre, puis elles remontèrent en wagon, et le trajet ne fut pas long jusqu'à Herbeauvilliers ; seulement, le cœur de Simone battait avec violence en approchant de la prison où souffrait son père depuis six mortelles années, et Mme Obernier se sentait presque aussi émue qu'elle.

CHAPITRE VIII

Le ciel se prononçait vraiment en faveur de la pauvre fille qui cherchait à secourir son père, car un incident aux suites heureuses pour elle survint aux deux amies, comme elles arrivaient à pied de la gare, par la route boueuse en ce jour automnal et humide.

Devant la boutique d'un serrurier, au haut de laquelle pendait, en guise d'enseigne, une formidable clé, une petite fille d'environ trois ans jouait sur la chaussée.

Sa mère la surveillait de loin, occupée à repriser du linge, et ne se doutant pas, la pauvre femme, du péril que courait en ce moment son enfant.

Une voiture automobile arrivait à fond de train sur la route, tandis que la fillette, inconsciente, continuait son jeu ; une minute encore et elle broierait sous ses roues le petit corps du bébé téméraire !...

Mme Obernier poussa un cri d'angoisse ; la mère releva la tête, comprit le péril et s'élança ; mais, dans sa précipitation, elle s'embarrassa les pieds dans un peloton de ficelle et tomba sur les mains.

Plus leste que sa vieille compagne, Mlle Hozeranne, d'un bond, regagna la chaussée et enleva dans ses bras la petite fille immobilisée par la terreur.

Indifférent, l'automobile passa comme l'éclair au milieu d'un nuage de fumée malodorante.

La mère s'était relevée : toute pâle d'émotion, elle remercia chaleureusement la jolie demoiselle sans laquelle, bien certainement, la petite Louise aurait été tuée.

A ce moment, le serrurier rentra, vit les figures bouleversées, se fit raconter l'événement, et, comme son enfant était tout pour lui, il changea de visage, lui aussi, mit sa boîte à outils par terre, essuya ses mains un peu noires et les tendit à Mlle Hozeranne.

— Faites excuse, Mademoiselle, dit-il, mais je ne sais comment vous remercier... Quand je pense... que, sans vous... Ah ! bon Dieu !... ma petite Louise.. Non, ce qui serait arrivé !... Je ne sais comment vous dire... Je suis un brave homme, je vous le jure, Mademoiselle.

— Mais je n'en doute pas, je le vois bien, répondit Simone qui, émue, serra les mains qu'il lui tendait à la fois timidement et dans un élan de gratitude sincère.

— Je me ferais hacher pour vous, Mademoiselle, continuait le serrurier qui embrassait passionnément son enfant. Non ! quand je me dis que sans vous !... Et toi, femme, sois moins négligente une autre fois, ajouta-t-il en s'adressant à la mère demeurée à l'arrière-plan, un peu confuse de son inattention.

Puis, s'apercevant de la pâleur et du tremblement de ces dames, il poursuivit :

— Et tu ne penses même pas à faire entrer le monde se remettre un tantinet. Ça n'est pas beau, chez nous, mais c'est aussi propre que possible, avec la forge ! Souffle voir un brin sur les chaises, femme, et donne-nous une goutte de ton tafia de cerise qui nous ragaillardira tous après cette secousse.

Simone accepta de bon cœur, décidée qu'elle était à faire causer l'ouvrier.

Même, elle qui avait horreur des spiritueux, elle consentit à tremper ses lèvres dans la liqueur un peu grossière que lui offrit la serrurière.

Mme Obernier y alla de bon cœur, elle, se donnant pour la tante de la jeune fille, demandant ce qu'il y avait à voir d'intéressant dans le pays, si l'on y trouverait une auberge convenable, si l'ouvrage y abondait pour les serruriers, etc., etc.

— Peuh ! fit l'homme, caressant toujours son enfant qui jouait avec sa moustache ; l'ouvrage va toujours un peu dans notre métier, quoiqu'on n'y gagne pas trop. La grosse ouvrage se rencontre plus facilement ; mais, pour les pièces fines, n'y a guère que la maison du Dr Hestier...

— Vous êtes son fournisseur ? s'écria Simone, trop vivement peut-être.

— Oui, nous sommes deux serruriers pour l'établissement, sans lequel, moi du moins, à Herbeauvilliers, je ne joindrais pas les deux bouts.

— Un établissement de ce genre a donc besoin de beaucoup de serrures ? dit Mlle Hozéranne jouant l'étonnement ; car c'est une maison de santé, n'est-ce pas ?

L'ouvrier se mit à rire.

— Et une bonne, même. Au contraire, Mademoiselle, il en faut là-bas, seulement des *spéciales*, qui donnent bien du tintouin à l'ouvrier.

C'était l'occasion qui se présentait pour Mlle Hozeranne de s'ouvrir à ce brave homme. Après tout, le temps pressait, et ne pouvait-elle se confier à celui-ci qui venait de lui dire : Je me ferais hacher pour vous.

— Je dois vous avouer, reprit-elle, très émue, que nous sommes justement venues à Herbeauvilliers dans le but de visiter la maison de santé.

L'ouvrier parut étonné.

— Vous y avez peut-être une connaissance à voir ? demanda-t-il ; sans ça... si c'est par pure curiosité, n'y faut pas songer ; M'sieu Hestier n'est pas commode pour accorder les permissions, à des femmes surtout.

— Alors, répliqua Mlle Simone délibérément, j'y entrerai par surprise.

— Par surpr... Je ne comprends pas, foi de Garrol.

— Eh bien ! mon bon Monsieur Garrol, vous m'emmènerez avec vous lorsque vous irez à l'établissement pour vos serrures.

— J'y vas justement ce soir. Seulement...

— Oui, je vous dois des explications, et, n'est-ce pas, je peux parler devant votre femme ?

— Certainement Mademoiselle ; si jamais elle jasait, je connais quelqu'un qui lui caresserait le bec d'un bon coup de poing.

— Mais elle ne parlera pas et vous n'aurez pas besoin d'employer ces grands moyens, fit la jeune fille en souriant.

Puis, brûlant ses vaisseaux, car l'occasion était unique, elle poursuivit :

— Je me fie donc à votre loyauté et à votre discrétion à tous les deux, vous le voyez. Or, apprenez que mon père a été enfermé il y a six ans dans cette maison maudite, sans être plus fou que vous et moi.

— Et quel est le misérable qui l'a coffré ? demanda Garrol.

— Une personne de ma famille, qui a toute autorité chez nous et que je ne puis fléchir. Alors, j'ai résolu d'employer la ruse.

— Pardi ! c'est ce qu'il faut faire dans ces cas-là. Et, sûrement, c'est pour une question d'héritement que cette personne, elle a fait enfermer votre papa !

— Non, l'argent n'a rien à voir là-dedans ; c'est plutôt par vengeance que mon... parent a agi. Mon père n'a jamais fait, de son gré, de mal à qui que ce soit, mais il a, sans le vouloir, causé la mort d'un enfant...

— Bon ! je conçois. Mais, fit Garrol en se grattant le front avec énergie, y ne faudrait pas, Mademoiselle, vous embarquer dans une affaire ennuyeuse... ou dangereuse.

Il ajouta, timide :

— Souvent, on se figure des choses... Etes-vous bien sûre que votre papa, il ne soit pas un tantinet... malade ?

— Absolument sûre. Il y a quelques jours, un ami de ma famille a pu pénétrer dans la maison Hestier et l'a vu ; mon père est entièrement sain d'esprit.

Puis, voyant que le serrurier demeurait perplexe, elle ajouta d'un ton ferme :

— Pour bien vous prouver que mon père n'a jamais été fou, apprenez que celui qui l'a fait enfermer m'a promis de me le rendre bientôt...

— Oh bien ! alors ?..

— Oui, mais à une condition inacceptable pour moi.

Tristement, très pâle, Simone ajouta :

— Cette condition, je ne la subirai qu'à la dernière extrémité, si je ne réussis pas dans mon entreprise.

— Dieu vous préserve d'épouser ce pauvre garçon ! murmura Mme Obernier malgré elle.

— Ah ! dit la serrurière, c'est un mariage qu'on veut vous imposer ? C'est pire que dans les feuilletons, décidément. Pourtant, une belle et bonne demoiselle comme vous ne devrait s'épouser qu'avec celui qu'elle choisirait.

— Et alors, que voulez-vous faire, Mademoiselle ? interrogea Garrol.

— Entrer dans la maison Hestier, voir mon père.

— C'est impossible, je vous le répète, reprit le serrurier en hochant la tête.

— Mon bon Garrol, cherchez un moyen pour que cela se fasse, dites, et vous ne vous en repentirez pas. Tenez, si, grâce à vous, je peux entrer là-bas, je déposerai mille francs à la caisse d'épargne au nom de votre petite fille.

L'offre était tentante pour un pauvre diable comme le serrurier. Pourtant il se récria :

— Oh ! Mademoiselle, ne parlez pas de ça ! N'est-ce pas déjà bien assez que de lui avoir quasiment sauvé la vie ?

— N'importe, je maintiens ce que j'ai dit. Et maintenant, voyez-vous un moyen quelconque de me faire pénétrer dans l'établissement du Dr Hestier ?

Le serrurier réfléchit un instant, puis, de nouveau, secoua la tête.

— Si vous étiez un jeune garçon, voyez-vous, Mademoiselle, ça irait tout droit.

— Pourquoi donc ?

— Vous vous bruniriez un tantinet les mains, vous endosseriez des vêtements d'ouvrier et je vous ferais passer pour mon apprenti : vous porteriez ma boîte à outils.

— Ne puis-je essayer quand même ?

L'ouvrier dévisagea la jeune fille avec stupeur.

— Faudrait vous déguiser, Mademoiselle, couper ça, dit-il en portant la main à ses cheveux courts et drus ; entrer dans des nippes d'emprunt... Vous ne voudriez pas ?

— Qui sait ? fit bravement Mlle Hozeranne.

Et, joignant les mains :

— Mes amis, je m'astreindrai à tout, à tout, vous entendez bien, pour tirer mon père de sa prison.

— Oh ! ça, répliqua Garrol en secouant la tête, il n'y faut pas songer encore ; y aura tout un plan à échafauder d'avance. Bien heureuse êtes-vous, Mademoiselle, si vous parvenez seulement à voir la prison où languit votre captif.

— Commençons toujours par là, murmura Mme Obernier : le reste viendra peut-être après.

— Ah ! Mademoiselle, que je fais des vœux pour cela ! dit la femme Garrol ; je vous promets que ma petite priera tous les jours pour la réussite de vos projets.

— Merci, répliqua Simone attristée, car, malgré le bon vouloir de ses humbles amis, elle entrevoyait de nombreuses difficultés surgissant sous ses pas pour mettre obstacle à ses projets.

Mais la vaillance ne l'abandonnait pas longtemps.

— A quelle heure en général allez-vous à la maison de fous ? demanda-t-elle au serrurier.

— Oh ! je n'ai pas d'heure ; on me fait dire quand il y a quelque chose à faire et j'y vas plus ou moins vite selon que ça presse.

— On vous a donné ordre aujourd'hui ?

— Justement ; vers les 4 heures j'irai ; probable que ce n'est pas pour un gros travail.

— Emmenez-moi !

— Impossible, Mademoiselle. Je vous assure que je suis désolé de vous refuser ça ; mais, voyez-vous... vous vous pressez trop ; pensez que par imprudence, en agissant trop vite, vous pourriez tout gâter ; puisque vous êtes ici pour quelques jours, réfléchissez, permettez que je vous soumette aussi mes idées, et alors on fera peut-être quelque chose de bon.

Simone joignit les mains, consternée.

— Dire que ce soir sans doute vous verrez mon père et qu'il ne pourra pas savoir que je suis là !...

— Ah ! pour ça, Mademoiselle, je ne dis pas, fit l'ouvrier ; au besoin, par un mot d'écrit que je tâcherai de lui glisser, vous le pourriez.

— C'est bien mon intention, mon ami ; oh ! faites l'impossible pour que ce billet arrive à destination, supplia Mlle Hozeranne.

— Ce sera jouer gros jeu, murmura Garrol en se grattant le front.

Simone se redressa.

— Oh ! je ne l'ignore pas ; aussi soyez assuré que vous serez dédommagé s'il vous arrive quelque ennui par ma faute.

— Bah ! si je perds la clientèle d'Herbeauvilliers, eh bien quoi ! on s'en ira ailleurs : n'y a pas que la maison Hestier au monde.

— Cet établissement vous rapporte combien par an ?

— Des fois 500, des fois 600 francs ; ça dépend des dégâts qui s'y font.

— Si vous veniez à être disgracié chez le Dr Hestier, dit Mlle Hozeranne, vous n'auriez rien à déplorer : je vous rendrais, annuellement doublée, la somme que vous auriez perdue à cause de moi. Dieu merci ! je suis assez riche pour prélever cette part sur mon superflu. Dans peu de temps j'aurai plus d'argent qu'aujourd'hui à ma disposition, et, heureusement, mon tuteur ne contrôle jamais mes comptes.

— La pauvre petite finira par se ruiner en cherchant à délivrer son père, ce dont je ne saurais la blâmer, pensa Mme Obernier. Voilà qu'elle veut faire des rentes à tous ceux qui l'aideront dans sa tâche filiale.

En attendant le départ de Garrol pour la maison d'aliénés, Simone et sa compagne se mirent en quête d'un logement provisoire.

Une fois à peu près installée à l'auberge, la jeune fille tira de son nécessaire de voyage ce qu'il fallait pour écrire et traça quelques lignes sur le petit papier qui devait porter tant de bonheur au prisonnier.

Les deux femmes prirent ensuite un peu de repos, c'est-à-dire qu'au lieu de demeurer muettes et paisibles, elles parlèrent avec véhémence de ce qui ne pouvait moins faire que les préoccuper beaucoup, presque les passionner, Mlle Hozeranne surtout.

Aux environs de 4 heures elles se dirigèrent vers la maisonnette des Garrol.

Elles trouvèrent le petit logement transformé.

Pour leur faire honneur, les braves gens avaient mis en ordre non seulement leur humble demeure, mais leur propre personne, endimanchée avec soin.

La petite Louise était gentille à croquer dans ses vêtements les plus neufs, et, malgré son ardente préoccupation, Simone la caressa et complimenta ses parents.

La serrurière offrit l'hospitalité à Mlle Hozeranne et à Mme Obernier pendant l'absence de son mari. Ainsi, dès son retour, elles obtiendraient des détails complets.

Simone donna à Garrol, non sans l'avoir auparavant pressée sur ses lèvres, la petite feuille qu'elle avait couverte de tendres mots d'espoir et qu'elle comptait que le brave homme trouverait certainement moyen de glisser à son père. Il semblait, en effet, un ouvrier intelligent, à l'esprit éveillé et prompt même en dehors des choses de son métier. Et puis, il fallait aussi compter sur l'imprévu, sur un hasard providentiel, qui lui ferait rencontrer le captif injustement détenu.

— Avant de me rendre chez le directeur qui m'a convoqué chez lui, dit-il, je m'arrangerai pour passer où vous voulez. Dans quelle section est le malade ?

— Je ne sais pas la section, mais une particularité pourra vous éclairer : mon père ne s'assied jamais.

— Ah bien, je vois ! c'est l'*homme debout*, interrompit joyeusement Garrol.

— Justement.

— Tant mieux ! son gardien est mon ami ; nous nous offrons souvent mutuellement du tabac et nous bavardons des petites minutes ; mais je dois vous prévenir que Frelinet est un homme incorruptible qui ne se laissera jamais séduire.

— Nous nous passerons de lui.

— Impossible.

— Vous ne travaillez pas aujourd'hui dans sa division, Monsieur Garrol ?

L'ouvrier eut un petit rire narquois :

— Quand il n'y a pas d'ouvrage quelque part, on peut toujours s'en donner. Je dirai à Frelinet que j'ai manigancé quelque chose de traviole à la fenêtre de son cabinet et je tâcherai bien moyen de démantibuler ce que j'ai arrangé la dernière fois.

— Merci ! oh ! merci.

Très ému, le serrurier se rendit, en sifflotant pour se donner un air crâne, à la maison de santé dont la porte lui fut ouverte toute grande par le concierge.

Après avoir échangé un bonjour et quelques paroles banales avec celui-ci, il dit :

— C'est déjà tard, faut se hâter à la besogne. A la revoyure, camarade !

Et il se dirigea aussitôt vers les bâtiments qu'il traversa, puis vers les jardins, toujours escorté par l'homme préposé aux ouvriers travaillant à la maison.

Comme ils se connaissaient de longue date, ils causèrent en marchant à la section des malades payants.

— C'est-il à l'*homme debout* que vous allez ? demanda le gardien en blouse bleue à raies rouges, uniforme de tous les employés de l'établissement.

— A l'*homme debout*, vous avez deviné juste.

Et, plus bas, comme avouant une faute, Garrol ajouta :

— N'en dites rien, mais la dernière fois que j'ai passé la visite des serrures, j'ai mis des viroles provisoires à celles de là-bas, et j'ai une espèce de remords : je vas les changer. Pensez donc, s'il arrivait quelque chose, ça serait moi qui écoperais, et si c'était un autre, ça me donnerait du souci.

— Bah ! fit l'employé, rien ne risque chez l'*homme debout* ; y se fiche bien des serrures, y ne regarde même pas s'il y en a.

— Enfin, je serai plus tranquille ; et puis, ma foi ! on me paye régulièrement, y faut donc livrer de la bonne ouvrage.

— Vous êtes un brave homme, Garrol, dit le gardien qui bâillait comme un chacal. Mais puisque vous savez le chemin et qu'y n'y a pas de danger par là, je peux vous y laisser aller seul ; moi j'ai une croûte à casser. Si le cœur vous en dit, Garrol, passez donc chez moi en vous en allant ; on trinquera avec trois doigts de beaujolais.

— Ah ! voilà, ça ne serait pas de refus, mais j'aurai pas le temps, pour sûr. Ma bourgeoise m'attend chez nous... Mais que je ne vous arrête pas, courez-y, mon vieux ; j'en profite, moi, pour dire deux mots à mon ami Frelinet.

Sans guide, le père de la petite Louise continua son chemin, mais il connaissait les lieux par cœur ; tout en marchant, il se félicitait tout bas d'avoir su trouver un stratagème pour se rendre auprès de l'*homme debout*.

Enfin il y arriva et appela Frelinet pour l'avertir de sa présence.

Le visage riant, la main tendue, celui-ci accourut, heureux de pouvoir causer un instant avec un ami.

Garrol lui conta la même histoire qu'à l'employé précédent, et tout en parlant il pénétra dans la cellule du prétendu fou ; d'abord il regarda du côté de la couchette, sur laquelle il entrevit une masse confuse.

Puis il feignit de se mettre à l'ouvrage, et, tout à coup, réclama à son camarade une « lumière » qu'il pût approcher de la serrure.

— Je cours en chercher une à la lampisterie, dit l'autre.

Puis, se ravisant :

— Seulement... vous allez rester...

— Avec votre pensionnaire, acheva Garrol. Bah ! je n'ai pas peur de lui.

— Et vous avez bien raison, car y n'a, ma foi ! jamais donné une calotte à ses gardiens.

Frelinet disparut donc pendant quelques minutes.

Plus prompt que l'éclair, Garrol bondit à l'*homme debout* et lui souffla au visage :

— Monsieur ! Monsieur !

Lentement, le prisonnier se redressa.

— Qu'y a-t-il ?

— Monsieur, pas d'émotion ni de cris, je vous en supplie, ne me trahissez pas. Je suis chargé par votre demoiselle de vous remettre ceci.

— Ma... ma fille ?

— Oui, elle est à Herbeauvilliers...

— Pour qui ? pour moi ?... Pour moi, bien sûr.

— Oui, elle voulait se déguiser en apprenti serrurier afin d'arriver à vous voir... Mais, vous concevez, c'était pas facile.

— Pauvre chérie ! murmura Hozeranne dont le cœur battait à l'étouffer.

— Ah ! oui, qu'elle vous aime bien et qu'elle essayerait tout... Mais chut ! voici votre gardien : faites semblant de dormir.

Ce disant, il glissait au malheureux le billet de Simone, puis parut fort occupé à considérer une virole.

— Voilà votre affaire, dit gaiement Frelinet en tendant au serrurier un bougeoir allumé ; vous êtes venu un peu tard, ce soir.

— C'est vrai, mais j'avais à parler à M'sieu le directeur et j'ai profité de l'occasion. Bah ! ça va être fini.

Peu après, le gardien reconduisit son ami, qui le retint quelques secondes en lui contant une bonne histoire.

Le brave homme devinait que le prisonnier profiterait de ce répit pour dévorer le billet de sa fille.

Il ne se trompait pas.

Interpellé par l'ouvrier, Hozeranne avait cru tout d'abord rêver en entendant ces paroles.

Ainsi sa fille bien-aimée était à Herbeauvilliers, rôdant par là sans doute pour apercevoir la maison où gémissait le captif ?

Mon Dieu ! oui, il devait rêver...

Mais, de même que le jour de la visite d'Otto,

il palpait un papier qui était bien de la réalité.

Et le malheureux, qui recommençait à désespérer depuis quelques jours en ne voyant pas venir le salut, recouvra soudain la joie et la confiance.

En ce moment donc, il lisait les chères lignes où Simone elle-même avait appuyé ses lèvres, et il les baisait avec ferveur.

Rentré dans le bâtiment central, Garrol se dirigea vers le cabinet du directeur ; il pensait :

— Pourvu qu'il n'ait pas eu vent de quelque chose, le patron !

Celui-ci le reçut, très affairé, le cigare aux dents.

— Garrol, dit-il d'un ton assez bienveillant, je dîne dehors.

— Que diable veut-il que ça me fasse ? se dit le serrurier.

— Je le regrette, continua l'aliéniste, car j'aurais voulu voir par moi-même comment vous vous seriez acquitté du travail pour lequel j'ai besoin de vous.

Comme l'ouvrier le regardait d'un air étonné, sinon un peu offensé, il poursuivit :

— Oh ! rassurez-vous ; je ne doute pas de votre adresse ; voici : écoutez Garrol, j'ai confiance en vous...

Je vais vous faire part d'une chose dont vous me garderez le secret ; vous entendez ?

— Oui, Monsieur.

— J'ai appris qu'un de mes internes sortait chaque soir, même étant de garde.

Devinez-vous par où il s'évade ?

— Non. Je... du moins...

— Eh bien, au fond du jardin attenant à la division des « payants » — tenez, précisément dans la partie la plus voisine du logis de l'*homme debout* — une petite porte s'ouvre sur la traverse ; je la savais condamnée et en croyais la serrure incrochetable. Bah ! mon galopin a su s'en servir, mais il ne s'en servira plus, grâce à vous, Garrol. J'ai donc besoin de votre aide pour clore et barrer hermétiquement ladite porte, de telle sorte que mon coureur nocturne fasse un nez, ce soir, en voulant tâter de la pretentaine.

— Mais il est tard, insinua Garrol, qui pensait à Mlle Hozeranne l'attendant avec impatience au logis.

— C'est précisément ce que je veux. Arrangez-moi cela pendant le souper du personnel ; ainsi l'intéressé n'y verra que du feu. Quatre heures plus tard, je connais quelqu'un qui sera bien attrapé. Je compte sur vous, n'est-ce pas, Garrol ?

— Oui, Monsieur le directeur, répondit l'ouvrier dont le visage s'éclairait peu à peu, car une idée naissait dans son cerveau.

— Alors, restez ici, vous mangerez au réfectoire.

— Oh ! Monsieur, je ne peux pas... Il faut d'abord que j'examine la porte en question, et ensuite que j'aille chercher des outils chez moi : ceux que j'ai là seraient sans doute insuffisants.

— Soit, rentrez chez vous, mais revenez vite, j'ai votre promesse.

— Comptez sur moi, Monsieur, conclut Garrol, qui, congédié par un bienveillant signe de tête du directeur, gagna la porte.

CHAPITRE IX

Ce fut en chantant que Garrol rentra au logis.

Quand Mlle Hozeranne apprit de sa bouche que, non seulement il avait pu glisser son billet à l'*homme debout*, mais encore qu'il était rappelé le même soir à la maison de fous, elle ne put contenir un cri de triomphe.

— Oh ! mon ami, c'est la Providence qui a préparé cette coïncidence ; il faut y répondre.

— Comment ça, Mademoiselle ?

— En m'emmenant avec vous.

— Là-bas ? fit le serrurier, ahuri.

— Tout à l'heure, quand vous y retournerez.

Le brave homme esquissa une grimace expressive.

— Habillée comme vous l'êtes, Mademoiselle ? Mais on devinerait vite ce que vous cherchez.

— Qu'à cela ne tienne, mon ami ! répliqua vivement la jeune fille ; votre femme me prêtera bien ses vêtements de tous les jours, et, sous cet aspect, je pourrai passer pour une de vos parentes, une nièce par exemple, que vous promenez...

— Vers un établissement d'aliénés ?... Ça ne prendrait pas.

— Eh bien ! cette nièce vous aidera à porter vos outils, à la place de votre apprenti malade ou en congé.

Garrol réfléchissait.

— Et puis, quoi ! demoiselle ? Ça n'aboutira à rien, ça ; je travaillerai dans le jardin et vous resterez dehors, donc vous ne verrez pas votre... prisonnier.

Simone sourit, confiante.

— Qu'importe ! J'apercevrai sa fenêtre, le mur derrière lequel il respire, au moins.

Et, en elle-même, elle ajouta :

— Qui sait si le hasard (un hasard divin) ne nous mettra pas en présence, mon père et moi !

Elle finit par convaincre Garrol et monta dans la chambre des braves époux afin de revêtir le costume le plus propre de la femme.

Mme Obernier l'y aidait.

Demeuré en bas, tout en caressant la petite Louise, le serrurier soupirait, s'adressant à Mme Garrol :

— C'est du bien bon monde, et c'est une crâne jeune fille que cette demoiselle. Après tout, pour tirer de prison leur papa, y en a sans doute beaucoup qui en feraient autant.

Simone était prête ; sans perdre de temps, l'ouvrier l'emmena ; seulement, en vue de la maison d'aliénés, il lui confia une partie de son bagage.

Il savait s'orienter autour de cette demeure immense ; il entra par la porte habituelle, mais il laissa la jeune fille en dehors du mur de jardin où il allait travailler.

Le cœur de Simone battait à l'étouffer, mais elle se sentait aussi prise d'une amère tristesse à l'aspect de cet édifice si bien gardé et de ces murailles infranchissables.

De l'autre côté de la porte dérobée, des voix se firent entendre ; elle reconnut celle de Garrol.

— S'agit, mon vieux, de boucher ça dans les grands prix... L'oiseau va faire un bec, ce soir, en se trouvant bouclé... Aussi, cette jeunesse !

Un rire lui répondit, celui de Frelinet, puis le serrurier poursuivit :

— Laisse ton client se promener dans l'allée ; puisqu'il a mal à la tête et ne veut pas manger, faut être un peu charitable en ce monde.

— Oh ! ce n'est pas lui qui tenterait une évasion : il est faiblard comme tout aujourd'hui, et puis, à quoi ça servirait ? il serait repris tout de suite.

— D'ailleurs, je ne fais qu'entr'ouvrir la porte pour l'examiner... Bon ! je vois ce que c'est ; une bonne barre de fer ici et un verrou de sûreté dont le patron seul aura la clé. Ah ! tonnerre de sort !

— Quoi ? qu'y a-t-il ?

— J'ai oublié ma pince... A moins que je ne l'aie laissée cette après-midi dans la chambre de votre malade... Frelinet, si vous y alliez voir ? supplia le serrurier.

— Je veux bien, mais alors faut que l'autre rentre.

— Bah ! pour cinq minutes, pas même ! Je vous le garderai bien, moi ! Et d'ailleurs, tenez, pour vous rassurer, je referme ma porte.

— J'y cours, alors, car vous n'y verriez pas clair, vous.

A peine Frelinet eut-il tourné les talons que, au contraire de ses paroles, Garrol ouvrit davantage la petite porte, et appelant :

— Mademoiselle, regardez un tantinet, mais n'avancez pas. M'sieur votre papa... il est là.

Un cri de joie aussitôt réprimé lui répondit, et la tête pâle de Simone apparut dans l'entrebâillement. En même temps, d'un signe, Garrol faisait approcher l'*homme debout*.

Depuis les événements de l'après-midi, celui-ci se sentait en proie à une agitation nerveuse qui était presque du bonheur. Ayant vu revenir le serrurier qu'il devinait dévoué à ses intérêts, il avait demandé et obtenu, prétextant un malaise, la permission de respirer l'air au jardin, ceci, réellement, à l'effet de se rapprocher de lui. Très doucement, à voix basse, tout en feignant de prendre ses mesures, Garrol lui dit :

— Y ne faut pas vous tourner les sangs pour çà, mais votre demoiselle est là... Vous allez l'entr'apercevoir une minute... pas plus, et c'est déjà beaucoup, foi de Garrol !

Mais Hozeranne avait compris et, gardant une certaine distance entre la porte et lui afin de sauver les apparences, il se montra.

Simone le vit et le reconnut.

Ah ! pas de doute ! cette belle figure maigre et hâlée, empreinte d'une poignante tristesse, c'était celle de Jacques Hozeranne, l'*homme debout*. Et lui la vit aussi pâle, mais si jolie sous l'humble costume d'artisane ! Les lèvres de la jeune fille proférèrent :

— Père... si nous profitions ?... si je vous enlevais ?...

Il fit un signe de dénégation :

— Non, chérie, pas à présent, nous causerions trop de mal à ces braves gens qui nous aident. Oh ! Je t'ai revue enfin ! Que Dieu soit béni pour cette joie qu'il me donne !

— Allons, éloignez-vous ! Vous gênez la manœuvre, cria Garrol d'un ton bourru, car il apercevait Frelinet revenant bredouille.

Sans hâte exagérée, l'*homme debout* continua sa promenade, et la petite porte se referma sur Simone.

— Mande pardon, mon brave, dit Garrol en riant ; on est étourdi à tout âge ; mais j'ai retrouvé mon outil pendant que vous le cherchiez ; et je ne pouvais courir après vous, rapport au malade à ne pas laisser seul.

— N'y a pas de mal, répliqua Frelinet, mais je vas tout de même le faire rentrer ; ça n'est pas dans les règles de se promener dehors à ces heures.

Garrol n'avait jamais autant « sabré » son ouvrage. Mais qu'importait !

Enfin il acheva de changer la serrure, non sans avoir pu glisser un papier et un crayon au captif avant de s'éloigner.

Ne fallait-il pas que le malheureux pût correspondre au moins une fois avec sa fille et lui indiquer les moyens d'évasion à tenter, si toutefois il en existait. Il quitta la maison d'aliénés par la porte dérobée qu'il ferma lui-même à clé et qu'il devait achever de clore le lendemain matin.

En faisant un pas hors du jardin, Frelinet avait aperçu la jeune fille assise sur une borne, le dos tourné au mur.

— Tiens ! dit-il à Garrol, vous avez amené votre bourgeoise ?

— Non, ma nièce seulement, répliqua le serrurier. Elle m'est venue aujourd'hui de Paris, la pauvre, et ça l'a promenée un brin de m'accompagner jusqu'ici. A présent elle va porter un peu de mon butin.

— C'est-il qu'elle a peur, que vous l'avez laissée dehors ?

— Ma foi ! non. Mais, et la consigne donc ? fit Garrol avec tant de dignité que son camarade l'admira dans son for intérieur.

Il était temps de rentrer.

Mlle Hozeranne se sentait à bout de forces. Tout ce qu'elle put faire fut de regagner, soutenue par l'ouvrier, la maisonnette de ses humbles amis.

Dès le seuil, elle aperçut Mme Obernier qui l'attendait, anxieuse, avec la mère de la petite Louise.

— Ah ! ma bonne Madame Obernier, je l'ai vu !... bégaya-t-elle.

Et, n'en pouvant dire davantage, elle s'abattit sur la poitrine de sa gouvernante qui la retint, tout effarée.

CHAPITRE X

— Simone ! Que t'est-il arrivé ?... Comme tu es pâle !

Telle fut l'exclamation par laquelle Mme Hozeranne accueillit sa nièce à son retour. La jeune fille balbutia une phrase quelconque, alléguant une grande fatigue et demandant instamment qu'on la laissât tranquille.

— Tu souffres de la tête ? Veux-tu que j'appelle ton oncle ?

— Oh ! mon oncle ! fit Mlle Hozeranne d'un ton si méprisant que sa tante n'osa insister.

— Va te reposer, ma fille, conclut enfin l'excellente femme. Je dirai à Robert que tu as la migraine.

Et la misérable esclave du Dr Hozeranne conduisit elle-même sa nièce à son appartement.

Simone n'avait pas voulu que Mme Obernier montât avec elle chez les Hozeranne, afin de ne pas l'obliger à soutenir un mensonge et peut-être aussi pour éviter que la pauvre femme ne se trahît par une attitude embarrassée.

Du reste, Simone ne mentait guère en disant qu'elle venait du couvent : elle n'avait passé en effet, que vingt-quatre heures à Herbeauvilliers ; la réponse de l'*homme debout*, aisément rapportée par le serrurier, l'avait pour ainsi dire forcée à quitter le pays pour se rendre à Versailles, comme elle l'avait naguère annoncé à ses tuteurs.

Cette réponse était conçue ainsi :

« Mon enfant bien-aimée,

» Je vais t'étonner, te peiner même, moi qui donnerais tout pour te voir sourire.

» Il ne faut pas tenter de me faire évader de ma prison maintenant ; c'est chose trop compliquée, trop difficile, trop dangereuse même, pour toi comme pour moi.

» A quoi me servirait de fuir ainsi que tu le pensais ?

» Un seul mot de mon frère, la moindre réclamation de sa part, me ferait rechercher, retrouver et enfermer définitivement avec plus de sévérité que jamais, et ce serait la fin de nos derniers espoirs, mon enfant chérie.

» C'est déjà pour cela qu'hier je n'ai pas voulu profiter de la porte ouverte... bien tentante cependant...

» Je ne puis donc que te détourner de tes projets pour le moment.

» Ce qu'il me faut, c'est quitter ma prison ouvertement, la tête haute.

» En outre, tu ne penses pas que la fureur de ton oncle retomberait sur toi, pauvre innocente, et alors nous serions plus séparés encore qu'aujourd'hui.

» Aussi, ma Simone, je te supplie de m'obéir ; ne tente rien pour mon évasion : elle ne réussirait pas, tandis que je sens l'heure de la délivrance proche d'une autre manière.

» Vois-tu, ma chérie, Dieu est juste et bon ; prie-le avec confiance et tu verras qu'il nous rendra l'un à l'autre.

» J'ai la patience d'attendre, ma fille, à présent que je t'ai vue ; c'est un premier pas de fait vers le bonheur. Je te conjure donc de quitter Herbeauvilliers sans tarder et de retourner chez ton oncle.

» Il n'est pas mauvais au fond, il ne résistera pas à tes supplications et à tes larmes.

» Va, mon enfant chérie, obéis-moi.

» Je te bénis et te serre sur mon cœur.

» Ton père. »

Simone avait beaucoup pleuré en lisant ce message, beaucoup hésité aussi avant de se soumettre. Mais elle se dit qu'elle devait obéissance au malheureux qui n'avait plus qu'elle au monde ; elle eut peur, en agissant contre sa volonté, d'attirer de nouveaux désastres sur cette tête si chère. Et puis, elle s'en était rendu compte elle-même, hélas ! il y avait une impossibilité matérielle pour le captif à franchir les murs de la prison si étroitement gardée.

Elle écrivit à son fiancé pour lui apprendre ce qu'elle avait fait, les résultats de ses démarches, bref, tous les détails de son expédition. Elle dit aussi le peu d'espoir qui lui restait, à présent que son père ne voulait pas s'évader, mais seulement sortir, d'entente avec son frère. Elle ne savait encore ce qu'elle ferait de retour à Paris, elle n'y voulait pas songer... Mais elle ne put s'empêcher de terminer sa lettre par un cri de détresse :

« Je renonce donc à mon entreprise ici ; que le devoir ne m'oblige pas à de plus cruels renoncements ! Quoi qu'il arrive, mon cher Otto, n'oubliez jamais que je vous aime plus que tout au monde et plaignez-moi. »

Chaudement elle remercia les Garrol en leur remettant, malgré leurs protestations, la somme promise ; et, le même jour, brisée au moral comme au physique, en dépit de la joie éprouvée en revoyant son père, elle gagna le couvent de Versailles où elle passa quelques jours avec sa vieille compagne. Elle ne s'y ouvrit à personne de ce qui la torturait tant, mais elle y réfléchit. Mêlées dans sa pauvre tête exaltée et secouée d'émotions, réflexions et prières amenèrent un résultat néfaste. Elle se sentit plus abandonnée que jamais ; il lui sembla que d'elle seule dépendait le salut de son père et elle commençait à croire que le ciel exigeait le sacrifice entier de son amour pour Otto.

C'est dans ces dispositions qu'elle rentra, avec une répugnance visible, à la maison de la rue Daunou, se sentant malade, à bout de courage et désormais incapable de former aucun plan.

Quand Mme Hozeranne l'eut quittée après l'avoir aidée à se mettre au lit, elle alla trouver son mari.

— César, lui dit-elle, votre pupille est de retour.

— Ah ! fit-il sans dissimuler un mouvement de curiosité; Robert va certainement être mieux. Et que dit-elle ?

— Rien; elle est très affaissée, très pâle, et paraît malade.

— Bien.

— Comment, bien ? répéta Mme Hozeranne qui trouva, *in petto*, que son mari parlait parfois avec trop de sans-gêne.

— Mais oui, parbleu ! Je la préfère ainsi vaincue, soumise et... forcément triste dans le premier moment, plutôt que si elle nous revenait belliqueuse, l'orgueil au front, prête à lutter encore.

— Ah ! fit Mme Hozeranne pensive ; mais si elle tombe malade ?

— Je la soignerai et la guérirai. On ne meurt pas de chagrin ni d'amour à dix-huit ans, et Simone a un excellent tempérament. Elle a voulu tâter un peu de l'indépendance, mais vous voyez que ce beau zèle n'a pas duré. Je sais gré à Mme Obernier de l'avoir chapitrée à ce sujet et aux nonnes de ne l'avoir pas retenue.

Et, se frottant les mains, Hozeranne conclut :

— Allons, notre fils va revenir à la vie, à la gaieté ; il sera heureux, puisqu'il lui faut absolument sa cousine pour cela... Moi, j'aurais préféré pour lui ce petit diable de Renée Brézure ; mais enfin, tous les goûts ne sont pas semblables.

Ayant, d'un geste un peu plus bienveillant

que de coutume, fait comprendre à Mme Hozeranne que l'entretien était clos, celle-ci se hâta d'aller retrouver son fils que, depuis quelques jours, une suprême espérance soutenait, lui rendant un semblant de forces et de santé.

— Simone est revenue.

Il accueillit ces paroles avec un silence plus éloquent que les questions les plus pressantes.

— Elle a l'air souffrant, continua la mère.

— Son voyage l'a donc fatiguée ? Pourvu qu'elle ne tombe pas malade ! s'écria le bossu alarmé.

— Non, ne crains rien, répondit la mère qui pensa :

— Voilà le véritable amour : non égoïste, non tyrannique, mais sincère.

Simone ne reposa pas longtemps.

Elle n'était pas couchée depuis une heure qu'elle reçut une visite : celle de son oncle.

Le médecin avait droit d'entrer à tout instant dans la chambre d'une malade.

— On m'apprend que vous revenez un peu souffrante, Simone, dit-il, adoucissant sa voix grave et prenant entre ses doigts enquêteurs le frêle poignet de l'enfant.

— Oui, gémit-elle, terrifiée de devoir si tôt commencer la lutte. Oui, je reviens souffrante, mais laissez-moi, je ne veux voir personne.

Et sa petite main souple échappa à celle d'Hozeranne.

Il ne se fâcha point, sourit et attira à lui une chaise pour s'asseoir près du lit.

— Un peu de quinine chassera ce mouvement fébrile, reprit-il ; ce ne sera rien. Vous êtes bien constituée, Simone : vous ferez une épouse à la fois solide et charmante et une mère de famille féconde.

Voilà qu'il allait parler mariage !

— Monsieur, supplia Mlle Hozeranne, si vous avez à causer avec moi de choses... sérieuses, veuillez remettre l'entretien à plus tard ; je vous le répète, je suis fatiguée, je désire rester seule.

— Vous serez obéie, ma nièce. Un mot seulement et je me retire.

— Quoi encore ? fit la pauvre enfant avec une fatigue intense et devinant ce qu'il allait dire.

— Pendant cette courte absence, vous avez dû réfléchir...

— Beaucoup, Monsieur.

— A ce que je vous ai proposé ?

— Et aujourd'hui, alors que vous me voyez lasse et brisée, malade même, vous voulez savoir si j'accepte l'infâme marché ?

— Infâme ! se récria le docteur, blessé au vif ; il me semble que mon fils vaut mieux que cette épithète.

— Eh ! je ne parle pas de lui, qui ignore nos conventions ; mais de vous, qui me marchandez cruellement le bonheur et la vie de mon père.

Hozeranne se recueillit une minute, contenant son courroux pour répondre avec une sorte de douceur amère :

— Vous, Simone, vous ne voyez que ce que vous souffrez, vous, dans votre amour, et ce que votre père souffre dans son orgueil et sa liberté. Mais vous êtes-vous jamais demandé ce que j'ai enduré, moi, en me voyant privé de ma fille chérie ? Combien de larmes j'ai versées sur elle ? Que de nuits j'ai passées à l'appeler, mon Hélène si jolie, si tendre, si intelligente !

Simone détourna la tête.

— Je comprends votre douleur, mon oncle, répliqua-t-elle ; et, vous pouvez m'en croire, je donnerais la moitié de mon sang pour vous rendre votre enfant si c'était possible, je comprends, tout parce que j'ai du cœur, mais je me dis aussi que votre vengeance a été horrible, que vos représailles furent d'une cruauté sans nom, que votre conduite paraîtrait à tous indigne d'un honnête homme, d'un chrétien enfin.

— Oh ! d'un chrétien ! Si vous faites entrer la religion là-dedans !...

— Je sais bien que si vous n'étiez pas un athée, reprit amèrement Simone, vous n'auriez pas agi avec cette méchanceté ; vous auriez accepté avec résignation le coup qui vous frappait.

Il ricana.

— Ah ! voilà encore les grandes phrases, n'est-ce pas ? Le bon Dieu, le pardon, le ciel, la résignation. J'aurais voulu voir votre père à ma place.

— Oh ! se récria Simone, ne le comparez pas à vous ! Il aurait souffert autant que vous, mais il aurait pardonné.

— Qu'en savez-vous ?

— Il vous pardonne bien aujourd'hui que...

Effrayée de sa propre véhémence, la jeune fille s'arrêta net et une faible rougeur monta à ses joues pâles.

Mon Dieu ! si son oncle allait deviner comment elle connaissait si bien les sentiments du prisonnier ? Mais non, il ne parut pas surpris de sa réponse et continuait tranquillement :

— Que voulez-vous ? Mon malheur m'a aigri ; c'est pourquoi je ne regarde plus celui d'autrui.

— Mais si vous voyiez votre fils revenir à la santé, grâce à moi ? dit-elle dans un sanglot qu'elle ne put réprimer. Si le bonheur refleurit sous votre toit et la paix dans votre âme, vous serez bon ?

— Qui sait ?... murmura Hozeranne.

Puis, prenant la main de sa nièce, qu'elle ne lui retira point, cette fois :

— Simone, devenez ma fille, je tâcherai de vous aimer, vous et votre père.

— Et ce père, vous me le rendrez ?

— Le jour même des fiançailles ; du moment que j'aurai votre parole. Est-ce convenu ?

En une dernière révolte de tout son tendre cœur horriblement déchiré, Mlle Hozeranne cria en elle-même :

— Otto !... Mon bien-aimé, je vous trahis !...

Et, livide, frémissante, elle dressa sur l'oreiller sa tête éperdue :

— Allez, mon oncle, vous avez ma parole ; j'épouserai Robert !

Le docteur serra chaleureusement la petite main moite qui n'avait plus la force de se dérober à lui, et il sortit, joyeux.

Il courut à Robert qui causait avec sa mère :

— Simone sera ta femme, mon enfant chéri, dit-il en frappant doucement la joue pâle de l'infirme. Elle vient de me l'annoncer ; réjouis-toi donc et reprends vite vigueur et gaieté, car la vie te sera douce.

Robert eut une suffocation, tant sa surprise et sa joie furent intenses.

— Est-ce bien vrai, père ? demanda-t-il.

— Je te le jure. Simone te le dira demain elle-même.

— Pourquoi pas aujourd'hui ?

— Laisse-la reposer ; elle est souffrante. Oh ! pas beaucoup, ajouta vivement Hozeranne, voyant se rembrunir le front de son fils. Patiente encore quelques heures, voyons, Robert, puisque je t'annonce la félicité absolue.

Puis, hâtif, il se baissa et embrassa le jeune homme, oubliant, comme toujours, de donner un regard à sa femme ; et il retourna à ses clients.

Quand il fut parti, le bossu dit à sa mère qui, elle aussi, l'embrassait, ravie :

— Mère, je n'en puis croire mes oreilles ; je n'oserai me réjouir que lorsque j'entendrai Simone elle-même me répéter ce que vient de m'apprendre mon père.

— Mais on t'a dit que pour aujourd'hui... commença Mme Hozeranne, interdite.

— Oh ! mère, je vous en supplie ; allez seulement voir si elle dort ; si non, je lui demanderai si c'est vrai qu'elle veut bien être ma femme.

— Allons, il faut toujours t'obéir, méchant enfant ! murmura Mme Hozeranne en se levant.

Et elle pensa :

— J'irai jusqu'à la chambre de ma nièce, et que ce soit vrai ou non, je dirai à Robert qu'elle repose. Demain il sera temps pour lui de la voir et de l'interroger.

Elle traversa le corridor dans toute la longueur de la maison et frappa chez Mlle Hozeranne.

Courroucée de ce qu'on ne voulait pas la laisser en paix, Simone demanda :

— Qui est-ce ? Je désire être seule.

— Seulement moi, répondit l'humble voix de la pauvre femme. Ma chérie, je veux simplement t'embrasser et voir si rien ne te manque.

Elle ouvrit doucement la porte et ne put retenir un cri de surprise à la vue du visage bouleversé de la jeune fille. C'est que, depuis l'instant où son tuteur l'avait quittée, Simone n'avait cessé de penser à Kiprianeff, et toute la douleur qu'elle n'avait pas ressentie au premier moment l'étreignait à présent. Dressée sur son lit, blanche comme une fantôme, ses courtes boucles brunes collées à son front par une sueur d'angoisse, elle s'écria :

— Eloignez-vous, ma tante, éloignez-vous ! N'est-ce pas assez de mon oncle qui est venu me torturer... Oui, je cède... Je ne peux plus lutter... Je suis vaincue : j'épouserai votre fils que je n'aime pas et j'oublierai Otto de Kiprianeff que j'aime, pour que mon père me soit rendu, puisque c'est la condition que mon oncle, son bourreau, met à sa délivrance et qu'il n'y a plus de justice ici-bas !

— Simone, tais-toi, par pitié ! s'exclama Mme Hozeranne en courant à elle. Si Robert t'entendait !

Et, parlant ainsi, elle ne put ouïr un faible gémissement qui s'élevait dans le corridor, derrière elle... Robert l'avait suivie doucement, et il avait recueilli les paroles prononcées par Simone dans la fièvre d'un demi-délire.

Mais Simone ne devait plus rouvrir la bouche jusqu'au lendemain ; elle avait usé ses dernières forces dans cette exclamation de colère désespérée ; maintenant elle gisait dans son lit, atone et muette sous les caresses de sa tante.

— Allons, pensa celle-ci en se relevant, mieux vaut sans doute la laisser seule, en effet ; elle va rester plongée dans une sorte de léthargie qui abattra sa fièvre, et, demain, calmée, elle envisagera autrement la situation.

Le bossu cependant, de nouveau retiré chez lui, s'enfermait à double tour de clé.

Il n'y avait plus ni colère ni haine dans son pauvre cœur crucifié ; on aurait pu entendre de loin sa respiration difficile, à la fois courte et forte.

Ses genoux fléchirent ; il tomba sur un fauteuil, murmurant faiblement :

— Oh ! mère, pourquoi m'avoir mis au monde puisque j'y devais tant souffrir ? Oh ! père, pourquoi m'avoir enlevé la foi ? Pourquoi avoir fait passer dans mon âme le souffle empoisonné de l'athéisme ?... Oh ! si je pouvais croire, à présent !... Croire, aimer ?... Sans espérer, ce serait toujours une consolation... Et qui sait ! L'espoir viendrait aussi alors, l'espoir en une vie meilleure que ma vie actuelle. Simone croit, elle, la chérie, et c'est pour cela sans doute qu'elle supporte sa peine. Il fut un temps où je croyais, moi aussi... Et j'étais plus heureux... Pourquoi m'a-t-on enlevé tout ce qui fait accepter la douleur et trouver la mort douce ?...

L'air de cette chambre, où il subissait une véritable agonie lui parut horriblement lourd.

Ne voulant pas appeler à l'aide, il se releva, se dirigea vers la fenêtre, l'ouvrit toute grande, et aussitôt la brise très pure, presque trop froide, entra à flots. Il respira ainsi plus facilement. Il se rassit et songea.

— Mes parents m'ont trompé, se disait-il ; oui, trompé, bien que je ne puisse les maudire pour cela ; ils veulent m'arracher à la mort qui vient, mais au prix d'un mensonge et d'une cruauté. Maintenant je comprends tout ; mon père détient l'oncle Jacques dans cette horrible prison qu'on nomme une maison d'aliénés, et il ne l'en délivrera que si ma cousine consent à m'épouser. Or, elle a consenti à m'épouser sans amour. Cela va de soi ; une fille comme elle doit se sacrifier... Oui, mais elle aime Kiprianeff et elle se sait aimée de lui... Qu'il est heureux, cet étranger !... Pour être à sa place un jour, je donnerais bien les deux tiers de ma vie. Aussi, comment ai-je pu supposer une minute que Simone me préférerait à lui si beau, si noble, si infiniment plein de séductions, moi un être difforme, chétif, toujours morose ?... Mon Dieu ! Mais j'étais fou. A présent, je vois clair. Et j'en mourrai, parce que je n'aurai jamais de bonheur ici-bas, jamais !...

Ici-bas... Il supposait donc qu'il pût y en avoir ailleurs.

Hélas ! Il le disait l'instant d'auparavant, autrefois il croyait ; comme les autres garçonnets de son âge, il avait fait sa première Communion, même avec ferveur, parce que son âme enthousiaste était éprise alors des belles choses d'outre-terre ; parce que, à cette époque, sa mère avait encore la foi, ou du moins elle osait la confesser ouvertement ; sa sœur Hélène, bonne et pieuse, lui donnait aussi l'exemple de la pratique religieuse... Oui, oui, il se souvenait, ce jour avait été bien beau pour lui ; tout était si pur dans son cœur, dans sa pensée, autour de lui... Un seul nuage à cette fête : son père n'avait point paru à l'église, sans lui mesurer ensuite des baisers et les encouragements, il est vrai, mais cela avait été une douleur pour l'enfant.

Sa main vacillante tira le bouton d'un tiroir qui, avancé jusqu'à lui, montra un pêle-mêle négligé d'objets dont rient les incroyants : médailles d'argent ou d'or, brassard de soie blanche, bout de cierge bénit, chapelet de pierres précieuses, livres à la riche reliure... Et, pour finir, ce christ d'ivoire sculpté ressortant, admirable d'expression et de douleur, sur le fond de velours sombre. Ce fut cela que garda le malade dans ses mains diaphanes ; ce fut sur le visage souffrant et divin que se fixèrent ses yeux sans larmes, mais creusés par le chagrin. Comme malgré lui, ses lèvres desséchées effleurèrent les pieds d'ivoire...

— Croire, aimer Dieu et, par conséquent, moins souffrir !... murmura-t-il encore... Qui me le rapprendra ? Ce n'est pas mon père qui rirait de mes « enfantillages », dirait-il. Pas ma mère, qui pense autrement sans doute au fond d'elle-même, mais qui n'ose exprimer aucun désir devant son mari dont elle craint le blâme et la raillerie. Pauvre mère ! Elle aurait dû... Mais non, ce n'est pas à moi de la juger. Ce pourrait être Simone, enfin, qui me rendrait la foi de mes jeunes années... Mais le voudrait-elle ? La tâche serait probablement au-dessus de ses forces ; elle en a tant dépensé à prendre la résolution qu'elle vient de prendre, la pauvre chérie ! Pourquoi la plaindre ? Elle a Dieu pour la consoler... Moi je n'ai personne, je n'ai rien... Otto de Kiprianeff aussi était un croyant sincère, et pas un hypocrite, oh ! non. Il aurait pu cacher ses opinions à mon père, car il connaissait les siennes... Mais non, il n'a jamais rougi de sa religion, il la pratiquait simplement devant ma mère et devant moi... Et Simone et lui ont les mêmes goûts, les mêmes aptitudes, les mêmes principes ; comment, après cela, possédant l'un et l'autre bien des qualités en plus, ne seraient-ils pas constamment attirés l'un vers l'autre ? Comment ne s'aimeraient-ils pas ? Qu'avais-je, moi ? Ma musique et mon amour seulement ; et cela n'a pas suffi pour me donner le cœur de Simone. En vérité, le ciel ne m'a pas assez accordé et il a trop bien doué ce Kiprianeff ! Mais non, reprit l'infirme après une minute de réflexion, je suis injuste ; jusqu'à cette année je n'ai jamais eu à souffrir de la vie ; elle m'a toujours été douce ; je suis né dans un nid de soie que mes parents me faisaient le plus douillet possible. J'ai eu tous les jouets que je désirais, tous les maîtres les meilleurs ; j'ai pu développer à mon gré mon goût pour les arts ; on m'a choyé, aimé, admiré même. Et Dieu fait bien de me punir, conclut le jeune homme en rangeant de sa main fiévreuse ses pieux souvenirs, non sans garder devant lui le crucifix d'ivoire, le suprême consolateur ; oui, Dieu fait bien, car je ne lui ai pas témoigné de gratitude pour ses bienfaits ; car je l'ai dédaigné quand j'aurais dû le remercier et le bénir. Et pourtant il me refuse ce que je désire le plus au monde : Simone ; il me la refuse, sans doute parce que je ne la mérite pas, parce que je n'ai pas su la défendre... Il m'enlève l'unique bonheur auquel je prétendais, bonheur trop grand, trop beau.

Il rêva douloureusement pendant quelques minutes, puis il reprit :

— Qu'au moins je fasse celui des autres ! Que je m'en aille de ce monde avec la joie d'avoir réparé une injustice et uni deux êtres qui s'aimaient et que séparait la méchanceté humaine. Ainsi le fils réparera la faute du père, et Dieu me recevra là-haut, à l'heure terrible, avec plus de miséricorde.

A deux reprises, Mme Hozeranne vint essayer d'ouvrir sa porte et se retira sur la pointe du pied, se disant :

— Il dort ou bien il savoure son bonheur, laissons-le.

Mais elle eût été bien étonnée si, pouvant entrer, elle avait vu son enfant étrangement changé, avec, sur son visage émacié, cette douceur, cette paix que goûtent ceux qui se sont noblement sacrifiés à la félicité d'autrui.

De la lutte, en effet, Robert sortait le cœur meurtri, mais fort et pur ; de même que sur sa figure se gravait désormais quelque chose de supra-terrestre, de même il sentait son âme s'élever à des hauteurs inconnues jusqu'alors, se dépouiller des mauvais désirs, des sentiments égoïstes.

— Je veux qu'ils soient tous heureux autour de moi, tous : mes parents, mon pauvre oncle Jacques, Kiprianeff, *elle surtout*...

— Oh ! ma bien-aimée ! conclut-il en joignant les mains, comme si la douce vision de Simone passait devant ses yeux ; je veux que plus tard ta pensée aille à moi sans colère, sans rancune, et que, grâce à moi, tu pardonnes aux miens tout ce qu'ils t'ont fait souffrir.

Le soir, à la table de famille où Mlle Hozeranne ne reparaissait pas encore, il essaya de manger et même de parler gaiement.

— Alors, mon chéri, tu es content, j'espère ? lui demanda le docteur.

— Oh ! oui, père, plus que content : heureux, si heureux !

A cet instant, il était d'une pâleur surnaturelle, et dans ses yeux très purs maintenant il y avait une expression surhumaine qui inquiéta sourdement ses parents.

— C'est curieux, pensait César Hozeranne en le regardant, angoissé, à la dérobée ; il ne se plaint plus, il a l'air radieux et... pourtant on dirait... qu'il va nous échapper.

Quant à la mère, ses tristes yeux qui avaient tant de fois pleuré retenaient encore des larmes.

CHAPITRE XI

— Père, disait le bossu au docteur qui se montrait plus affectueux encore pour son enfant depuis qu'il le sentait plus malade; père, je voudrais...

— Tout ce que tu désireras, mon chéri, sera exaucé. Tu n'as qu'à parler.

— ... Pour le jour de mes fiançailles avec ma cousine...

— Ah ! ah ! Tu ne songes plus qu'à ça ?

— Obtenir de vous plusieurs faveurs ; n'est-ce pas, vous consentez d'avance ?

— Je te le répète, mon Robert, tout ce que tu désireras, tu l'auras ; Dieu merci ! Nous pouvons bien faire les choses, répondit Hozeranne, pensant qu'il s'agissait d'une fête à laquelle le jeune homme convierait tous ses amis.

— Vous promettez d'avance ? fit l'infirme, méfiant.

Son père se mit à rire.

— Oui, oui. Va toujours.

— Voici ma liste :

1° Je désire que ce jour soit fixé au jeudi de la semaine prochaine.

Le docteur eut un haut-le-corps de surprise.

— Tu es fou !

— Non, père, mais je vous en prie...

— Si tu crois que Simone est prête !

— Elle le sera, elle y consentira, vous le verrez. Ensuite, nous inviterons du monde.

— Bien entendu ! Je veux que l'on applaudisse à ton bonheur, que l'on te porte envie.

— Merci, père. 3° Vous me laisserez jouer du violon ?

— Tu n'es pas encore assez fort pour cela... Fort, tu m'entends ? Pas assez robuste, veux-je dire.

— Je le serai ce jour-là. Puis, il y a deux personnes que je voudrais inviter à mes fiançailles ; je serai heureux de les y voir présentes.

— Qui cela ? Ah ! oui, les Brézure, fit le docteur en souriant. Mais sûrement, mon garçon, ce sont des intimes !...

— Certes oui, père, Gonzague et Renée, nos bons amis ; mais je voulais parler en premier lieu de mon oncle Jacques.

— Que dis-tu ? s'écria Hozeranne qui se dressa tout pâle. A quel propos me parler de... de celui-là ?

Très tranquille, Robert poursuivit :

— Il ne peut en être autrement, père : mon oncle *Jacques* doit assister aux fiançailles de sa fille.

— Que t'a donc raconté cette bavarde de Simone ?... Oh ! les femmes !... répliqua le docteur tremblant de courroux.

Le jeune homme regarda simplement son père et, d'un ton net et ferme, il dit :

— Absolument rien, mon père. Mais moi, j'ai pensé, écouté, réfléchi et compris bien des choses... Hélas ! N'en disons pas plus long là-dessus, n'est-ce pas ? Répondez-moi seulement : consentez-vous à ce que votre frère assiste à la fête ?

— Mais c'est impossible.

— Pourquoi ? Je peux tout comprendre, de même que je suis assez grand pour tout savoir, pour connaître toutes vos dissensions de famille.

— Il est inutile... commença Hozeranne très embarrassé.

— Oui, père, inutile de me rien cacher désormais, puisque j'ai tout pénétré, tout deviné. Allons, consentez-vous ?

— Oui, puisqu'il le faut, gronda le docteur en courroux mais soumis enfin. Aussi bien, lui rendre la clé des champs un peu plus tôt ou un peu plus tard !...

— Et... vous vous réconcilierez avec lui, père, n'est-ce pas ?

— Cela, non. N'en exige pas tant, mon fils.

— J'aurais pourtant désiré que mon bonheur fût complet, murmura Robert, tout à coup si triste que son père se hâta d'ajouter :

— Enfin nous verrons. Je ne promets rien. Et ensuite ? Que veux-tu encore ?

— L'autre personne à la présence de qui je tiendrais... reprit le bossu.

— Qui donc ? Ah ! oui, cette bonne Mme Obernier, sans doute ? Et comment donc, cela va de soi, et nous lui ferons, de plus, un joli cadeau, un cadeau utile.

— Eh non ! père, je ne parle pas d'elle dont la place est toute marquée à notre table de famille. Je parle de votre ancien secrétaire, Otto... Otto Kiprianeff ?

— Tu divagues. D'abord, il est en Pologne ; ensuite, te figures-tu, par hasard, qu'il accepterait l'invitation ?

— Je l'espère, au moins, et si je vous ai parlé seulement de la semaine prochaine, c'est pour lui donner le temps de revenir. Vous avez son adresse à Paris : écrivez-lui aujourd'hui, on fera suivre.

— En vérité, il aurait trop de... d'estomac, comme on dit, s'il venait... pensa le docteur. Quant à Robert, je ne le comprends plus... Il y a cruauté de sa part à vouloir étaler son triomphe et son bonheur devant un rival humilié. Je croyais mon fils de sentiments plus élevés... Les luttes et la souffrance ont probablement endurci son cœur...

— Mais, poursuivit Hozeranne à haute voix, avec un sourire un peu contraint et railleur, sais-tu, petit, que tu manques un peu de générosité en ce moment. Inviter celui que te préférait ta fiancée, celui qui demeure vaincu...

— Père, vous vous trompez sur le motif qui me guide en ceci, répliqua Robert très doucement ; il faut qu'Otto de Kiprianeff soit chez nous ce jeudi-là, il le faut absolument. Plus tard, vous comprendrez la cause de ce caprice qui vous semble si bizarre à présent, supplia le pauvre garçon avec une expression si touchante, que le docteur se leva, singulièrement impressionné, en murmurant :

— Tu es un enfant énigmatique, mon Robert ; mais comme j'ai confiance en toi et que je me réjouis de te voir heureux, je te permets d'agir à ta guise.

Toutefois, Hozeranne demeurait frappé de l'attitude de son fils et de l'étrangeté de son regard.

Depuis peu, Robert affirmait qu'il se sentait beaucoup mieux ; il mangeait — ou feignait de manger — avec appétit et prétendait que ses nuits demeuraient bonnes.

Alors, pourquoi son visage amaigri, émacié, s'affinait-il de plus en plus ?

Si César Hozeranne n'eût été aussi préoccupé de la prochaine réapparition de son frère dans la famille, sans doute il se fût aperçu que son enfant semblait avoir déjà la paix de la mort sur son front transfiguré.

Mais la science lui avait dit que Robert devait guérir avec le bonheur qui lui revenait ; pourquoi le cher malade tromperait-il un diagnostic aussi éclairé ?

La veille des fiançailles, que Mlle Hozeranne voyait approcher avec terreur, quoique ce jour dût lui rendre son père, le bossu vint à elle, la rencontrant seule au petit salon, et lui tint ce langage :

— Simone, regarde-moi : trouves-tu que je sois épousable ?

Et, ce disant, il mettait en pleine lumière son visage ravagé par la fièvre.

Elle recula, le cœur serré.

— Mon Dieu ! Robert, répondit-elle, embarrassée, tu as mauvaise mine, il est vrai ; mais ton père reste meilleur juge que toi et que moi ; s'il te déclare mieux portant cela doit être. Néanmoins, si tu te sens souffrant qui t'empêche de retarder...

— Notre union ?

— Oui, fit-elle, avec une gêne évidente.

Elle-même n'eût pu prononcer ce mot d'union sans un douloureux effort.

Il sourit, d'un sourire étrange qui frappa la jeune fille.

— Ma Simone chérie, ne parle pas d'union entre nous deux : ce mariage-là n'aura jamais lieu.

— Que dis-tu ? s'écria-t-elle, palpitante d'espoir.

— La vérité pure.

Doucement, il acheva :

— *Ma sœur*, nous nous en tiendrons aux fiançailles, qui seront, tu m'entends bien ? des fiançailles *in extremis*.

— *In extremis* ?... Oh ! Robert !... Tu es malade en ce moment effectivement, puisque tu parles ainsi.

— Je ne suis pas comme tu le crois, chérie, mais je travaille à ton bonheur.

— Comment donc ? proférèrent les lèvres soudain desséchées de Mlle Hozeranne.

— Tu le verras bientôt.

Ma pauvre Simone, ajouta-t-il en lui prenant la main, tu te figures que je ne sais pas tout ; tu crois que j'aurais l'horrible cruauté de te contraindre à m'épouser, moi infirme, moi disgracié, moi mourant enfin, quand tu peux devenir la femme d'un être beau, bon, bien portant et doué de tous les charmes, comme celui que tu aimes : Otto de Kiprianeff ?

— Mais, murmura Simone, défaillante à ce nom, tu ne me contrains pas, Robert ; c'est bien de mon plein gré que je t'accepte.

— Moi, je ne te contrains pas, non, c'est vrai ; mais mon père emploie la force avec toi, pauvre chérie, puisqu'il t'oblige à conclure un odieux marché.

— Robert ! Comment le sais-tu ? commença Simone, alarmée.

— Ne me demande rien, va ! Je sais bien des choses... Ceux qui vont mourir ont de la pénétration, crois-moi.

Simone sentit ses yeux se mouiller.

— Ne parle pas ainsi, Robert, dit-elle. Tu as raison de te montrer bon, mais ne raconte pas tant, toujours, que tu es près de la mort, car alors... pourquoi cette comédie de nos fiançailles ?

Très bas, il murmura :

— Il fallait cela pour te rendre ton père et pour te donner à Otto de Kiprianeff.

Elle étouffa un cri de joie, et, saisissant son cousin par le cou, elle l'embrassa éperdument ; puis elle pleura.

D'abord pâle et chancelant sous l'étreinte, il se sentit aussitôt inondé d'une douceur sans borne en pressant sur son épaule ce petit visage tiède et encore douloureux sur lequel il mit un baiser fraternel.

— Tu es bon, oh ! que tu es noble et bon, Robert ! répétait-elle.

— J'ai voulu l'être à ton exemple, pauvre chérie, qui as sacrifié ton cœur, ton avenir, tout ton bonheur même, à ton amour filial.

— Pour moi, c'était un devoir, et ce devoir, au fond, ne manquait pas de douceur.

— Mais pour moi aussi, c'en est un que de laisser la place à celui que tu me préfères. Enfin, ton cœur m'appartiendra plus sûrement ainsi, n'est-ce pas ?

— Oh ! oui, *mon frère*.

— Tu ne penseras pas à moi avec rancune et mépris lorsque je ne serai plus là ; tu prieras pour moi...

— Quoi ! c'est toi qui me demandes cela, fit-elle étonnée. Comme tu as changé !

— N'est-ce pas ? Vois-tu, sœurette, j'ai beaucoup souffert ces jours passés, cela m'a rapproché de Dieu ; j'ai compris que mes parents avaient tort de m'élever en dehors d'une religion qui console. Tu les y ramèneras, dis ?

— Si je le peux, oui, Robert. Je te le promets.

— Alors, je suis tranquille. Par toi ils reviendront à Dieu, et cela seul leur fera supporter... mon départ.

Je parle surtout pour mon père, plus difficile à convaincre, car, pour cette pauvre maman, je suis bien certain qu'elle continue ses prières en cachette. A présent, adieu, chérie ; ne pleure pas, ne me plains pas, et surtout que mes parents ne se doutent de rien.

La veille de ses singulières fiançailles avec un moribond, Simone Hozeranne eut la joie infinie d'aller elle-même recevoir son père à la gare de Lyon.

Ah ! certes, dans ce moment où elle arpentait, fiévreuse, le quai encombré de gens et de colis, attendant le train qui lui ramenait le cher voyageur, elle ne pensait pas beaucoup plus à Kiprianeff qu'à Robert.

Elle se représentait la joie du libéré en route pour l'indépendance, pour la vie de famille, pour le bonheur enfin.

Le docteur avait fait le nécessaire pour que l'*exeat* du malheureux fût signé le plus tôt possible, et, comme on craignait un excès d'émotion pour le captif enfin libre, on le fit accompagner par son gardien.

Cet homme, qui avait toujours témoigné de la déférence et de la sympathie à « son malade », se vit généreusement récompensé.

Quand le père et la fille se réunirent, au sortir du wagon, ce fut en une étreinte éloquente et silencieuse qu'ils exprimèrent leur allégresse. En cette minute radieuse, Jacques Hozeranne fut payé de six années de désespoir et d'abandon. Ils montèrent en voiture.

Là, en quelques mots, Simone mit son père au courant des choses ; et encore ne le faisait-elle qu'avec circonspection, évitant d'accuser nettement son oncle, car il fallait ménager l'esprit du libéré.

Depuis tant d'années il avait vécu dans l'absolue ignorance de tout ; il allait revoir des gens perdus de vue depuis longtemps et que, certainement, il trouverait changés.

S'il avait appris la mort de sa femme, survenue, comme on le sait, peu après son incarcération à Herbeauvilliers, c'était par un mot de Mme Hozeraune qui trouvait cruel de la lui laisser ignorer. On parla de la chère morte, et tous deux pleurèrent de ce qu'elle ne fût point là pour partager leur joie. On parla aussi de Canadille, et Simone eut la délicate pensée de lui envoyer un télégramme pour lui annoncer la délivrance de son ancien lieutenant et lui affirmer que bientôt on irait le chercher, lui, le brave serviteur, afin de lui confier un emploi facile dans la maison de Jacques Hozeraune.

La voiture déposa le voyageur et sa fille rue Daunou, mais à l'hôtel Chatham et non chez le docteur.

Les deux frères ne pouvaient se retrouver face à face sans une émotion intense, et il fallait les y préparer.

D'ailleurs, en attendant le mariage de sa fille, Jacques Hozeraune vivrait à l'hôtel avec elle, et ensuite, selon la volonté expresse de Simone elle-même, il ne quitterait pas le jeune ménage.

Dans l'appartement qui lui avait été retenu pour un temps indéterminé, Jacques commença seulement à se ressaisir un peu. Il ne s'inquiétait ni du mouvement de la rue, ni de la foule joyeuse, ni de la sensation de liberté qui devait l'enivrer doucement. Il ne voyait et ne regardait que sa fille, sa Simone chérie qu'il n'avait encore qu'aperçue un soir à Herbeauvilliers et qu'à présent il tenait dans ses bras, sous ses yeux charmés, contre son cœur.

Sa fille, grâce à qui il pouvait respirer l'air libre, aller et venir, parler, entrer partout comme bon lui semblait ! Il ne se lassait pas de la contempler, de l'embrasser, de sentir sur son front, pareil à un front de vieillard maintenant, la caresse de ses petits doigts souples. Il l'écoutait causer, admirant le son de sa voix et la manière simple et digne par laquelle elle s'exprimait.

Mais toute joie a une fin, et sa figure s'assombrit lorsque Simone lui montra l'heure et l'emmena chez César Hozeraune.

L'entrevue des deux frères fut glaciale. Sans Robert, qui parla presque tout le temps de la visite et força Mme Hozeraune à sortir de son humble mutisme, les deux ennemis ne se seraient sans doute pas réunis une seconde fois.

Enfin ils se séparèrent après cette courte entrevue, et Jacques Hozeraune reconquit sa fille qui dîna avec lui.

Simone, on le devine, lui raconta, non seulement toute sa vie depuis le douloureux événement qui l'avait faite doublement orpheline, mais elle ne lui cacha rien de son amour pour Kiprianoff et parla du jeune étranger dans des termes touchants. La nuit vint, et le libéré goûta, pour la première fois depuis bien des années, la joie de dormir dans un lit à lui, loin de toute surveillance outrageante.

L'*homme debout* semblait avoir oublié ces soixante-douze horribles mois de captivité qui, maintenant, lui faisaient l'effet d'un cauchemar hideux. Déjà, quand Simone lui avait demandé de longs détails sur ce temps passé loin d'elle, sur l'emploi de ces interminables jours dans la prison d'Herbeauvilliers, il n'avait su ou voulu rien lui répondre.

CHAPITRE XII

A la prière de leur enfant exigeant et fantasque, les Hozeraune ne devaient annoncer qu'à la fin de la réunion les projets de mariage, devenus officiels alors, entre leur fils et leur nièce.

Ainsi la fête semblait simplement une de ces matinées musicales que donnaient parfois le docteur et sa femme.

Ces derniers, cependant paraissaient préoccupés et regardaient fréquemment à la dérobée Robert, qui n'avait pas l'air de souffrir, mais dont le visage reflétait des sentiments et une expression qui les inquiétaient.

Tout en blanc, très grave, Simone faisait, avec sa tante, les honneurs des salons ; mais on devinait aussi que sa pensée était ailleurs. Son regard allait souvent vers la porte par laquelle entraient les invités ; non qu'elle regrettât son père : Jacques Hozeraune ne devait arriver et se glisser au salon, incognito, qu'au milieu de la séance musicale. A quoi bon soulever les commentaires de ce monde si bienveillant à la surface et parfois si cruel et si méchant dans le fond ? On le verrait le jour du mariage, et, d'ici là, on aurait le temps de s'accoutumer à sa rentrée dans la société. Cette rentrée s'opérerait doucement, sans bruit, avec la grave dignité qui caractérisait à présent cet homme frappé naguère par tant de malheurs. Simone attendait Kiprianoff. Elle savait qu'il viendrait, et, comme depuis son départ d'Herbeauvilliers, elle n'avait pas osé lui écrire, elle ne le trouverait que plus empressé à se rapprocher d'elle. En effet, lui qui ignorait les projets du Dr Hozeraune, il n'avait aucune raison de refuser son invitation, ne voyant là-dedans qu'un retour de son ancien maître à celui dont il avait dû regretter maintes fois l'aide intelligente. Et puisqu'on le rappelait, c'est qu'on oubliait les griefs soulevés dans la famille par ses prétentions à la main de Mlle Hozeraune ; c'est que... même... qui sait ?... ces prétentions, on les encouragerait désormais !... Aussi accourait-il profondément ému, toujours beau avec son exquise grâce hautaine, mais pâli et amaigri, ce qui lui seyait. Il ne put d'abord échanger qu'un coup d'œil, de loin, avec celle qu'il continuait de considérer comme sa fiancée.

Mais ces doubles regards échangés à travers l'espace d'un salon immense par deux êtres qui s'aiment en disent parfois si long !

Simone demeurait aussi séduisante que naguère malgré sa précoce gravité, ce qui faisait murmurer aux femmes jalouses de sa beauté :

— Cette pauvre Mlle Hozeraune ! Elle paraît joyeuse, mais son allégresse ne peut être bien profonde : elle épouse son bossu comme pis aller, parce que pas un prétendant sérieux, comme, par exemple, ce beau garçon, cet étranger aux allures de prince, ne voudrait d'elle. Et encore est-ce une grosse imprudence de la part du docteur de donner pour femme à son fils une jeune fille dont les parents... Enfin, il suffit... le pauvre Robert a une infirmité, lui aussi ; il passe sur la tare et peut-être fait-il bien !

Mais qu'importait à Simone le persiflage qu'elle devinait chez les envieux !

Soudain, elle se sentit doucement saisir par le bras : c'était Renée Brézure qui, toute triste, murmurait à son oreille :

— Oh ! Simone, j'ai vu Robert et sa physionomie m'a frappée. Qu'a-t-il donc ? On dirait qu'il n'appartient plus à la terre.

— Robert souffre et le cache, répondit Mlle Hozeranne avec gravité. Crois-moi, Renée, c'est un noble cœur, le plus noble cœur qui se puisse rencontrer ici-bas.

— Même en comptant M. de Kiprianeff ? demanda malicieusement Renée, qui ne pouvait longtemps demeurer sérieuse.

— Peut-être, car je ne sais si Otto aurait poussé l'héroïsme aussi loin ! murmura Simone qui, sentant qu'elle allait devoir son bonheur à son cousin, s'exagérait maintenant les mérites du pauvre infirme.

Sous prétexte de remplir ses devoirs de fille de la maison, elle abandonna son amie dont elle redoutait les questions embarrassantes.

Un moment, elle put rejoindre Otto de Kiprianeff dont elle ne perdait guère de vue la haute silhouette, et elle parvint à lui dire tout bas :

— Quoi que vous entendiez ici, quoi que vous voyez, ne vous découragez pas et ayez foi en moi. Ah ! cher, nous serons bien heureux, et mon père m'est enfin rendu !

Otto eût bien voulu en entendre davantage, mais il ne put, car Simone fut entraînée ailleurs, et le piano commença à moduler, accompagnant une chanteuse amateur qui ouvrait la séance par une mélodie de Grieg.

Depuis longtemps on n'avait goûté la musique du jeune Hozeranne, et l'on se réjouissait en pensant qu'il allait jouer, certain que, pendant l'été, son talent avait dû croître encore.

Mais ce ne fut pas seulement ce petit frémissement de plaisir qui salue les bons artistes que l'on recueillit dans l'auditoire quand il se dressa, le violon et l'archet en main, ce fut aussi un murmure de surprise apitoyée, car il y avait, sur ses traits soudain immobilisés, une expression de douleur et de fierté qui impressionnait.

Robert se disait qu'il allait jouer pour la dernière fois, mais que ce qui sortirait de son violon serait beau.

En effet, ce fut d'abord un chant large, puissant, comme une prière, comme aussi un adieu au monde. La conviction qu'il approchait de la mort décuplait son talent, et peut-être aussi le sentiment intime qu'il ne s'en irait pas sans avoir accompli un devoir difficile.

Quand il reprit haleine entre les deux parties du morceau, on n'applaudit pas, on ne remua pas afin de ne point troubler par un bruit inharmonieux l'air de ces salons qui semblait garder encore des vibrations sonores.

Une femme murmura seulement :

— Il improvise, mais où prend-il le secret de cette musique divine, et, ensuite, que ne l'écrit-il ?

Robert l'entendit et sourit.

A quoi bon coucher sur le papier ces harmonies qui sortaient de son âme, qu'un autre exécutant ne saurait peut-être pas rendre comme lui ? D'ailleurs, puisqu'il se sentait mourir, que lui importait la célébrité ?

Vint ensuite un chant sauvage, vibrant, où le jeune homme exhalait, dans un dernier retour profane, le regret de partir sans avoir possédé les joies auxquelles chacun aspire.

Mais cette violence ne dura point. Une mélodie douce, apaisée, résignée, y succéda, si belle que l'aile mystérieuse du génie paraissait effleurer le front livide de l'artiste.

En l'écoutant, Simone pensait à Otto, et Otto pensait à Simone.

Remuée jusqu'au fond d'elle-même, Renée Brézure pleurait sans contrainte.

Le docteur, lui, avait sur les lèvres ce cri prêt à jaillir, qu'il retenait encore par déférence pour ses invités :

— Assez ! Je t'en prie, mon enfant, tu te tues !...

Et peut-être aussi, pour Robert lui-même, désirait-il le voir aller jusqu'au bout...

Quant à Mme Hozeranne, le cœur pénétré de douleur et de remords, elle murmurait tout bas :

— Seigneur, ne me prenez pas mon enfant ! Seigneur, je sais bien que j'ai mérité un amer châtiment par ma faiblesse et ma lâcheté, mais que ce calice s'éloigne de moi, ô mon Dieu !

Seul, Jacques Hozeranne, du coin plein d'ombre où il s'adossait, exultait en regardant sa fille et en se sentant libre, libre enfin pour toujours, et pour cela, le cœur disposé à tous les pardons. Où donc étaient les jours de torture, les nuits de cauchemars atroces ? Était-ce bien lui, le fou d'hier, qui, bien mis, le gardénia à la boutonnière, la main gantée de blanc, pouvait circuler librement dans ces vastes salons ? Tout à coup, au milieu d'une variation brillamment exécutée, un gémissement arraché aux cordes fit tressaillir l'auditoire. Un râle siffla dans la poitrine du musicien ; le violon et l'archet échappèrent à ses mains soudain immobilisées, et l'infortuné demeura suffoqué, haletant, la bouche ouverte, les pieds chancelants et les bras étendus, comme ceux qui se sentent tomber dans le vide. La salle entière s'émut ; les hommes se dressèrent, prêts à porter secours ; les femmes poussèrent des exclamations apitoyées.

Une voix, celle de la mère, cria en une angoisse inexprimable :

— Mon fils ! Ah ! mon Dieu ! mon fils !

Mais déjà, franchissant les degrés, le Dr Hozeranne s'était précipité.

A présent, aidé de Gonzague Brézure, il emportait Robert dans le salon voisin et l'étendait sur un divan.

— Ah ! murmurait-il rageusement, penché sur le pauvre corps de Robert qui, à travers ses souffrances, cherchait encore à lui sourire, je savais bien qu'un jour ce diabolique violon lui jouerait un mauvais tour !

Parmi les invités, ce fut une débandade générale.

CHAPITRE XIII

Autour du lit de Robert se produisaient ces mouvements angoissés et précautionneux qui ont lieu auprès des gens très malades.

Le faible corps du bossu ne semblait plus avoir la force de retenir la vie qui s'en échappait.

D'ailleurs, le pauvre enfant n'en avait même plus la volonté.

La fenêtre ouverte laissait entrer le froid humide et glacé du soir, dans cette saison où soleil et lumière ne durent pas.

Penché sur son fils, le Dr Hozeranne épiait chez lui le retour à la vie, et sa voix, toujours brusque et impérative, se faisait douce et tendre pour lui.

Il avait réclamé l'appui d'un collègue éminent comme lui, qui s'était hâté d'accourir, mais pour se retirer bien vite après avoir serré la main du père désespéré en lui disant :

— Du courage, mon ami ! Heureusement qu'il ne souffrira pas beaucoup.

Hélas ! il n'avait fait que traduire la pensée du père lui-même !...

Hozeranne était revenu auprès du lit de Robert.

D'un geste caressant, celui-ci, tout à coup, lui fit signe qu'il désirait quelque chose.

— Que veux-tu, mon chéri ? lui demanda le savant, le cœur broyé à l'idée de ce qui allait arriver.

— Père, dit le jeune homme d'un ton suppliant, je voudrais voir un prêtre.

César Hozeranne sursauta, effaré :

— Hein ? Toi !, un prêtre ?...

— Oui, père, afin que je parte en paix avec Dieu comme avec tous.

— C'est un enfantillage ?

— Non, père, c'est ma conviction que je vais commencer une autre vie et que cette vie sera idéalement belle.

— Mais ne peux-tu te passer du... de...

— Du ministère du prêtre ? Non, père. Oh ! je vous en prie, ajouta le malade avec fatigue, hâtez-vous, accédez à mon désir, le dernier de ce genre que je vous exprimerai.

— Mon ami, murmura doucement Mme Hozeranne en pleurs et toute tremblante, pourquoi lui refuseriez-vous cette suprême consolation ?

— Mais... je ne refuse pas, répondit César qui, avec une certaine répugnance, alla donner ordre, au vif étonnement des domestiques, qu'on amenât un prêtre au plus vite.

Puis il retourna non moins hâtivement auprès de son fils, dont la voix n'était plus qu'un souffle.

— Mon Dieu ! oui, disait-il, j'ai souvent regretté, dans ces derniers temps, que vous ne m'ayez pas laissé la foi de mon enfance. Elle m'eût fait supporter tant de choses !

— Mais tu n'étais pas malheureux, chéri ? objecta le docteur, retenant un sanglot.

Robert, sans répondre, tourna vers lui ses grands yeux déjà voilés, et César Hozeranne y lut ce qu'il n'y avait jamais lu encore, une incommensurable douleur qui n'était point le regret de sa vie.

— Tu allais avoir Simone ! s'écriait-il, presque révolté. Ah ! j'ai tout fait pour cela, pourtant !

— Père, elle ne m'aimait pas, elle ne m'eût jamais aimé ; on la contraignait... auprès d'elle j'aurais subi un vrai martyre.

— La misérable ! commença le savant, les prunelles allumées de colère.

La main diaphane de Robert s'éleva comme pour couper court à ce blasphème.

— Admirez-la, père, au contraire. Et tenez, je vais vous demander de me l'amener ainsi que...

— Son père, peut-être ?

— Oui, son père, justement, et aussi... M. de Kiprianeff... que je voudrais revoir, à qui je voudrais léguer... un souvenir.

Il fallut obéir.

Quand Robert les vit tous autour de lui, d'un geste doux il réunit dans les siennes les mains de Kiprianeff et celles de Simone et, s'adressant au premier :

— Voilà ce que je vous lègue, dit-il presque avec joie : Simone, ma cousine, non, bien plus : ma sœur chérie. Elle a souffert, mais vous le lui ferez oublier, vous la rendrez heureuse, vous la garderez bonne, aimante, charitable, et elle vous donnera en retour tout son amour, tout son dévouement d'épouse chrétienne et parfaite. Je vous demande à tous les deux de penser quelquefois au pauvre disparu, au milieu de votre bonheur...

Il ne lui restait plus au cœur ombre de jalousie, au pauvre bossu, et, pour ne pas les laisser sous une impression douloureuse, il acheva, dans un sourire angélique :

— Surtout ne pleurez pas, ne me plaignez pas ; je vous affirme que je me sens heureux comme je ne l'ai jamais été.

Le prêtre parut, surpris mais content d'entrer dans cette maison, d'où, croyait-il, on avait chassé Dieu. Quand il vit le pauvre être moribond qui n'attendait sans doute que la bénédiction suprême pour quitter ce monde, son cœur s'émut de pitié. Une sérénité impressionnable descendit sur le visage de Robert. Lorsqu'il se sentit en paix avec Dieu, de nouveau il pensa à ceux qu'il laissait. Simone se pencha sur lui et le pressa dans ses bras en une étreinte reconnaisante qui faillit le faire mourir de bonheur avant l'heure marquée. Chaudement elle le remerciait et le bénissait de lui rendre la vie possible, heureuse même, en lui rendant à la fois son père et son fiancé.

Avec Otto de Kiprianeff, avec aussi Jacques Hozeranne, elle lui promit un souvenir éternel, remplie de gratitude pour cet être bon et doux qui, bientôt, ne serait plus.

Enfin Robert appela sa mère.

Elle avait droit à son dernier baiser, à sa dernière parole, la malheureuse qui, après lui, ne trouverait plus aucune consolation ici-bas.

— Mon Dieu ! sanglota la pauvre femme, que deviendrai-je quand tu seras parti ? Je n'ai plus d'enfants, pas d'amis, pour ainsi dire pas d'époux...

— Oh ! si, mère, vous en aurez un désormais ; vous aurez mon père à soigner, à entourer, insinua le mourant. Lui aussi va se trouver bien seul.

Mme Hozeranne se redressa, farouche, révoltée cette fois :

— Ton père ? Ah ! oui, parlons-en ! Il a la science pour se consoler, lui. Moi je n'ai pas même cela, et, qui plus est, je ne suis rien pour lui.

— Jusqu'à présent, mère, mais, vous allez voir que cela va changer. Ne dites pas non, je le sais, moi ! ajouta-t-il dans un mystérieux sourire.

César Hozeranne se rapprochait.

— Père, n'est-ce pas ? reprit le mourant, d'une voix que le docteur seul entendait, n'est-ce pas que désormais vous aimerez ma pauvre maman ?

— Mais... je l'aime, fit Hozeranne, troublé.

— Oui, seulement vous ne savez pas le lui montrer. Vous vous êtes accoutumé à ses soins, à ses prévenances, et vous n'en avez point pour elle. Pourtant, pauvre mère ! la vie lui a été dure. Si vous voulez que je sois tout à fait content, père, dans l'autre monde où nous nous retrouverons un jour...

— Eh bien ? fit le savant qui ne protesta point, ne se récria pas à ces paroles.

— Il faudra dorénavant lui faire la vie très douce.

— Je te le promets, répondit César Hozeranne d'une voix vibrante, car, à cette heure, il comprenait que Robert voyait juste.

Et, pour appuyer sa promesse, il entoura de son bras la maigre forme de sa femme éplorée comme pour lui prouver qu'à l'avenir elle pouvait compter sur sa protection et même sur son amour.

Le mourant appela son oncle ensuite, et, réunissant dans ses mains déjà froides celles des deux frères, il dit en regardant son père :

— Vous vous aimerez désormais l'un et l'autre comme vous vous aimiez autrefois.

— Oui, comme avant nos malheurs, répondit Jacques Hozeranne d'un ton ferme mais ému.

Et ce fut lui, le martyrisé de six années atroces, qui étreignit son frère, son bourreau pourtant, et lui murmura :

— Frère, oublions tout et pardonne-moi comme je te pardonne.

Les désirs de Robert étaient tous accomplis, mais l'effort avait brisé ses dernières forces ! Il retomba anéanti, mais encore souriant, ferma les yeux et entra dans une courte agonie pour expirer avec le jour, tandis que la première étoile s'allumait au firmament.

CHAPITRE XIV

Dans les délices des jardins florentins, en Italie, au milieu des marbres, des eaux limpides, des roses et des orangers, l'hiver suivant, nous retrouvons les membres de la famille Hozeranne, moins, hélas ! le pauvre Robert.

Mais était-ce encore l'hiver, que ce radieux jour de mars s'achevant si bleu, si tiède, si ensoleillé ?

Assis près de sa femme redevenue pour lui une compagne après être restée si longtemps son esclave et sa complice forcée, César Hozeranne, avec elle, couve d'un œil ému le jeune couple accoudé au petit mur de la terrasse et causant avec celui que l'on appelait naguère l'*homme debout*.

De nouveau vraiment frères par le cœur, les deux frères se sont installés avec le jeune ménage dans la villa florentine, assez vaste pour les abriter tous. Tous s'entr'aiment à présent, à une exception près, toutefois : seul, ce pauvre Canadille qui fait à peu près partie de la famille, ou plutôt de la maison de Jacques Hozeranne, lance encore parfois à la dérobée de furieux regards au docteur.

En cet instant, Jacques Hozeranne, lui aussi, contemple d'un œil heureux et plein de tendresse sa vaillante fille qui, souriante, cause avec son mari, Otto de Kiprianeff ; tous deux, par intervalle, jettent un regard amical du côté du docteur et de sa femme.

— Mon oncle, dit soudain le jeune homme, en marchant vers le savant.

Celui-ci relève la tête, point étonné de l'appellation dont il a pris l'habitude.

— Eh bien ! répond-il, curieux de ce qu'il va apprendre.

Et Kiprianeff, qui, depuis quelques semaines, trouve au visage du docteur une expression de vague ennui, en outre de sa gravité ordinaire, poursuit joyeusement, sûr d'avance du résultat de sa proposition :

— Mon oncle, pourquoi délaissez-vous les travaux entrepris l'an passé et qui peuvent vous rendre encore plus célèbre ?

— A quoi bon la célébrité désormais ? réplique Hozeranne dont le front s'assombrit davantage au souvenir du fils perdu.

— Soit, mon oncle, mais vous serez ainsi utile aux autres. Songez donc quels services vous rendrez à l'humanité !

— C'est vrai, et puis... j'aimerais me remettre à ce travail, répliqua le docteur dont le visage s'éclaircissait peu à peu à ces insinuations.

— Remettez-vous-y, vous l'avez délaissé assez longtemps, et ici, vous avez tant de loisirs !

— Oui, mais... seul... que de difficultés....

Kiprianeff sourit, et, affectueusement, penchant sa haute taille vers le buste de Hozeranne, un peu affaissé maintenant :

— Mon oncle, si votre ancien secrétaire ne vous déplaît pas plus ici que naguère aux Moires, pourquoi ne reprendrions-nous pas le labeur commun ?

L'œil du savant s'alluma d'une flamme de convoitise, et il s'écria, tutoyant son neveu comme un fils et pour la première fois :

— Quoi ! tu voudrais ?... Mais ton temps ?...

— N'appartient cependant pas du matin au soir à ma chère femme. Seulement... vous n'avez pas ici vos documents...

— En ceci tu te trompes, mon garçon, dit vivement le savant qui rougit comme un écolier pris en faute. J'avais un peu... prévu le cas ; j'ai apporté mes notes et le manuscrit commencé aux Moires l'an passé.

Puis, sans transition, brusquement, la joie dans l'accent, il interpella sa femme.

— Crois-tu, ma chère amie, que ce brave neveu va redevenir mon secrétaire ; nous allons reprendre nos travaux abandonnés.

Mme Hozeranne, dont les cheveux étaient tout blancs, mais le cœur en paix à présent, releva la tête, et jetant un regard reconnaissant à Kiprianeff :

— C'est vrai ? demanda-t-elle.

— Très vrai, ma chère tante. Nous pouvons même commencer dès demain.

— Demain, non, rétorqua le docteur ; c'est dimanche, et maintenant, non seulement je vais à la messe, mais je consacre ce jour aux pauvres gens.

— Pas seulement le dimanche, insinua finement Otto ; que de consultations gratuites et à domicile vous donnez aussi la semaine, mon oncle.

— Dame ! mon neveu, j'ai acquis une belle fortune en soignant les malades riches pendant bien des années ; il est bien juste que j'utilise à présent mon savoir au chevet des malades indigents ; ici d'abord, ensuite à Paris quand nous y rentrerons, et à la campagne l'été prochain.

— Mais, objecta Mme Hozeranne un peu soucieuse, il ne faudra pas te fatiguer pour cela, mon ami, ni employer trop longtemps ce pauvre Otto. Simone finirait par t'en vouloir.

— Simone ? dit Kiprianeff en souriant, tandis que la jeune femme devenait toute rose, elle ne se plaindra pas, soyez tranquilles, elle va avoir tant d'occupations d'ici quelques mois !

— En vérité ? Et lesquelles, donc ? interrogea Mme Hozeranne, sincèrement étonnée.

Ce fut Mme de Kiprianeff elle-même qui se chargea de répondre, et embrassant la tête blanchie :

— Tante, repartit-elle, vous m'aiderez bien pour la layette, n'est-ce pas, vous si adroite ? Je compte sur vous.

— Mais, bien entendu, et j'en serai heureuse, ma fille, répliqua la femme du docteur, doucement réjouie à son tour.

— Ma tante, mon oncle, poursuivit Simone, grave cette fois au milieu de son bonheur, si c'est un fils, nous l'appellerons Robert ; si c'est une fille, Hélène... Avec votre consentement toutefois.

— Nous le donnons d'avance ; Jacques sera le parrain avec ma femme pour commère, dit le docteur ; et je serai celui du prochain enfant, n'est-ce pas ?

— Oui, mon oncle.

Tous se turent et, les yeux fixés sur le ciel éblouissant par ce magnifique crépuscule italien, ils pensèrent à Robert, le pauvre bossu, qui avait fini si généreusement une vie de misères pour laisser le bonheur aux autres et délivrer l'*homme debout*.

FIN

19.410. — Imprimerie P. FERON-VRAU, 3 et 5, rue Bayard, Paris, VIIIe.

www.ingramcontent.com/pod-product-compliance
Ingram Content Group UK Ltd.
Pitfield, Milton Keynes, MK11 3LW, UK
UKHW022129260726
13993UKWH00003B/1317